亲爱的亲爱的

林一苇 著

广西师范大学出版社
GUANGXI NORMAL UNIVERSITY PRESS

·桂林·

亲爱的亲爱
Qin'ai De Qin'ai

图书在版编目（CIP）数据

亲爱的亲爱 / 林一苇著. —桂林：广西师范大学
出版社，2018.4
ISBN 978-7-5598-0638-3

Ⅰ. ①亲… Ⅱ. ①林… Ⅲ. ①中国文学－当代
文学－作品综合集 Ⅳ. ①I217.2

中国版本图书馆 CIP 数据核字（2018）第 019897 号

广西师范大学出版社出版发行

（广西桂林市五里店路 9 号　　邮政编码：541004）
（网址：http://www.bbtpress.com）
出版人：张艺兵
全国新华书店经销
广西民族印刷包装集团有限公司印刷
（南宁市高新区高新三路 1 号　邮政编码：530007）
开本：880 mm × 1 240 mm　1/32
印张：8.5　　字数：92 千字
2018 年 4 月第 1 版　　2018 年 4 月第 1 次印刷
定价：45.00 元

献给多情的人

　　每一个英俊少年的头上都有几块爱情的伤疤，我也一样。只是我的伤疤多些，估计每一片头盖骨都被碰碎了。谁让咱一直那么天真呢？但我不悔。我曾经卑怯地问周国平老师，您觉得人可以一次一次每一次都百分百投入地爱一个人吗？周老师听后面目沉重，他叹口气说，那他就是真的情圣了！这样水灵灵的男人百世不出啊。于是我放心了。

　　在爱情上受伤当然不好，但既然注定受伤，什么伤能比爱情的伤荡气回肠呢？什么样的伤能比爱情的伤更值得、更有味道、更酸爽、更大开大合、更让人体会到生命的意义呢？人类的伤，大多数是物质的，大多数都有点臭，有点俗，上不了台面，但爱情的伤是精神的！"噢，我们的伟大的爱情的伤，它总是把我从苟且中拉回正义，拉回青春。它让我青春的道路不断地延长，让我和同龄人比心情俊美，我一天天看着我的同龄人拉不住地老去了，而我青春的尾巴比大兴安岭所有狐狸的尾巴接在一起都长（孔二狗说的）。

或许我们都应该感谢我们爱情上所受的这些伤吧？除了疼得凶猛外，它让我们更多地成长了！它让我们懂得爱人，它让我们有了耐心，它让我们学会了兼爱，它还让我们懂得了爱是不需要理由的。我们总是被大人们告知："世界上没有无缘无故的爱，也没有无缘无故的恨"。我们相信了。当我们遇到爱，在一闪念的时间扑倒、在一望间充满泪水、一刹那知道了爱的是谁、一分钟知道了前世、一瞬间醍醐灌顶般找到了幸福、知道了家、感受到了宽厚温暖、想大喊几声、想从此遁入温柔乡里，于是我们忽略了家人、忘记了朋友、欺骗了父母，于是我们因为她敢于和世界作对！于是我们快快乐乐地付出忘记了要回报，于是终于我们知道——世界上真的有无缘无故的爱。而唯其是"无缘无故"的，它才叫爱情。林少华老师说："世界上最伟大的事情无法用语言表达，这就是爱存在的理由。"这正是爱的奇妙处。

是爱让我们通向了真理。

但对于爱情，除了叙说我勇猛的纯真和描摹它的可爱和奇妙，其他方面我是不敢说太多话的。因为这种应当敬重的事情用最干净的文字都会无意间亵渎，哪敢随便张口乱吐舌头？还因为，在它面前我永远没有骄傲，只有谦卑。我是俗人，但看见自己俗还是久久不愿原谅。爱情是一定要以敬重的心情表达的，莫过于不语。其实谈爱情还会疼。"她们过得还好吗？""她们幸福得像在天堂里一般吧？"每每想到可爱的她们，心里都有着泉水叮咚般的疼和大海波涛般的祝福。

爱是一个多么令人心旌摇曳的话题

啊，一想到它，怀了喜悦、怀了美好、怀了感恩、怀了眼泪、怀了小鹿乱撞。纵是不想说，也会欲辩忘言地啊哈两声。今天的天气很好，今天的天气哈哈哈。

我又非常愿意让别人知道我对爱情的感受。尽管我要冒着有人听到林一苇这个名字会恶心的风险。爱情是天地间的动画：夜半一个人的举头望月，念到她名字的心头闪亮，欲说还羞的卑怯，未曾得到、害怕失去的纠结。"没有你的日子我自由我风发我玉树临风，一遇到你，我就什么都不是了。"在爱上爱以前，任何人都可以风发自信，但当你爱上爱，你要张口给她保证，给她爱的人保证，郑重的人心里就会有空空的疼。我用什么向她保证幸福？在这样一个动荡、千变万化的社会里！我怎么会那么不知廉耻、不知天高地厚？所以，面对爱情我总有深刻的痛。

"我将每一个弃我而去的女人当作我死去的老婆。"这话听来像是诅咒，其实不。我知道我的郑重，也知道我的卑微；

我知道我的真心，也知道我的狭隘；我知道我的纯真，也知道我的执拗。我每一次都爱得真诚、爱得撕心裂肺。而"她们也曾经是真心的啊。"离开一定是有原因的，最好的理由是缘分尽了。爱不是一个人的事，我不舍，是我的态度。而深情也会害人。但特别的日子还是要祷告她们幸福的。"别人谈失恋只是失恋，我每一次失恋都像是失去了一个老婆。"那种酷烈的断肠戏，我是知道的。爱的大悲切和大慈悲，我自己懂。

要相信爱、相信梦、相信纯真、相信一见钟情啊，少年！——每次签名我都会这么说。别人可以不相信爱，但是你不能！你是要活出浩然之气的人！这个世界真的没有很多干净的东西了，除了爱！

我会一任纯真地在童话小镇等你。

童话小镇镇长 林一苇

2018.01.12

目录

吐纳三首

【一】

我喜欢静静的夜里一个人想你。当我洗了发、刮了脸、刷了牙，喝了很多茶，我就赤了脚，抱一床被子，慵卧到沙发里，幸福地睁大眼睛，专注于天花板的洁白与明亮。透过天花板与灯光橘黄的甜蜜，在心底一个遥远的角落里，拽出一个你。

而我，专注于你光明的脸庞，你微笑着善良亲切而透明的眼睛，你褐色活泼而挑逗的鬈发。不留神，沿着你的飘飘长发甩进遥遥——比你来时更深的处所。

我讶然，一步步踏着湿润的土地，回过头，努力走向你。

【二】

我深深地相信，前生，有一段和你没有过完的日子。咱们共同住过的房屋，塌了，但土还在；咱们共同握过的锄头，烂了，但锈还在。在我今世忙碌而缺乏想象的生活里，你是我轻柔温暖却深刻的触动。在哪一个城市的街道里，在路过哪座桥上或者哪棵树下，我有时会忽然停下来——深深沉浸于似曾相识的感觉。

而当我慵卧在沙发里，当我闭上眼睛，当我用睫毛摒去现世的浮华和喧嚣，在一片深蓝里，找你。你总能嫣然一笑到我身边。我们就在万分珍爱的时刻里抚摸、放松、贴近，我们努力把自己绞缠成各种形状，为了更多地亲近和更完全地品味和拥有。

虽然抵挡不住时间来了，鸡鸣声来了，阳光与露珠来了。

但我仍然可以闭上眼睛拒绝和你分离。

【三】

请原谅我的渺小与脆弱，亲爱的。请原谅我的浮浪轻薄与游戏。在我们前世共同的生活里，你一定理解生的尖锐与艰难。而你更知道，我放弃了夜的花香和黎明的露珠，在天光不变的蔚蓝里，慨然屹立于天地的浩然与眩晕里，屹立于村庄与炊烟的香艳与诱惑里，等你，忍看花与蝶自由来去。

我就是这样坚贞而纯洁地等你。风吹来了，我的头上落满了尘。我提着自己的头，在一条叫作爱情的河里，使劲地摆涮，将自己涮得晶莹剔透。我就是这样怀着悲怆与幸福等待，怀着你的形象，屹立于高岗，等你——不知道住处，不知道目的，不知道音信，不知道你在阴阳哪界。想过死，但知道拒绝痛苦的可耻；努力活着，而你的音信遥遥无期。

在仰卧起坐里，我爱你

我不知道如何焦渴痛苦而又深怀着喜悦盼着你，我的恋人！在这些钟情的岁月里，我一年又一年，坚守着纯洁，等待你的到来。你的若隐若现让我尝尽了痛苦。可能，无涯的期待和守望会让一颗热烈的心疲惫和委顿，而我无悔！在等待的日子里，我坚守理想，焚香、沐手、濯耳、拭目。在一天天日子的一枝一叶里融进圣洁情愫，把自己筑成一个圣殿，一个仪式，等待你的君临。

在仰卧起坐里，我爱你。

【二】

最是在那些仰卧起坐里，我的恋人，我想你。

我是顶着朝阳起来的。刚刚送走梦中的你，我睁开眼睛，这一刹那，我心中浮一层酸楚和慵懒。我仰卧床上，再度轻轻闭上眼睛，想你，长长地伸手抓你的影子，捞起你的言语、精神、一颦一笑，呵护起你梦中给予的温柔，晒笑我梦中的快意、大胆，久久触恋你梦中的袒露。

呵，那些温柔，那些颜色！

【三】

起来！

是你在喊我吗，我的恋人。

我知道阳光已将路铺好，风已将天空扫好，大地已将衣服穿好。我也要起来，走未尽的路，并且我知道，在哪一个路口，你在等我。

起来！

我起来了，恋人。告诉你，我有些踌躇。我知道，如果躺在床上，我永远都遇不到你的。而我一旦起来，就是一个行者，我就不能专注于路边的野花闲草和路上的行人，而那里的人中，一定有一个你！

我知道你就在那里等我。命运指引着我们那一刻一定都会睁大眼睛，然后惊讶地呼唤，幸福地拥抱，然后携手进入曾经多少次的设计里。我知道那时那刻一定不会错过的，那是命运的安排，神的安排，风和太阳和自由的安排。这种安排，一刻也错不了的，不然，何以叫作"命运"呢。然而，万一，如果万一我们错过呢？况且，命运是轻轻、悄悄、静静地降临的，谁知道它在哪一刻降临呢？还有，命运是那么得戏谑与蛮横，谁知道有哪一刻就让我们互相忽略了呢？

我起来了，我的恋人，我的心里怀着激情、欣喜、惴惴和踌躇！

【四】

只要打发了人送走了朋友，只要打完了电话，做完了一天该做的。只要遣散了部下，能够给自己营造片刻舒心。我就坐在办公室，对着明艳阳光或蓝蓝青天，想你。

借助一杯茶一支烟，我沉下心来。

渐渐地我有些孤独，有些温暖，我问，我是谁，我的那一半在哪里。

我伤馁过懈怠过，我的恋人。千万次地问寻千万年地等待真的使我含了无尽幽怨。而在更多时候，我踌躇满志，满怀了光明、喜悦、希望。你看，我是那样一步一步设计着幸福，磨砺着心志，构筑着胸廓：我干净而富有成效地盖房，你来了，我就可以和你尽情享受清正儒雅、平静温和和偶尔的奢靡豪华了。我等你时写的诗，可以作为精神的象征，可以供我们在未来日子里反复阅读。而这些年的等待——天哪，你这不是考验我吗！你给我一颗怎样善于等待、感知、善良的心，和一个善于容忍的坚毅灵魂啊！

亲爱的亲爱

亲爱的亲爱：

拿起笔给你写信，一出口就这样喊你，那么，从今天开始我就这样喊你了，直到我想到更好的名字。

你的其他名字：一一、豆豆、无妻苍蝇、北冰洋蜜蜂、天空飘过蓝带鱼、捧在嘴里不小心，我就在其他场合喊你吧。

亲爱的亲爱，昨天我想你了两次，一次早上起来到晚上睡觉，尽管中间被很多次吃饭和别人谈话打断，但我还是延绵持续地想你。一次从晚上睡觉到早上起床，中间被梦打断，哦，还想告诉你我梦做得不错，梦中我又一次看到自己结婚了。

2008年6月13日

亲爱的亲爱：

今天下雨了

雨连成雨帘

我坐在帘后

醉醉地想你

来一个人不是你

来一个人不是你

来一个人不是你

……

2008年6月14日

亲爱的亲爱：

早上吃方便面

正吃着

猛然一惊

我把方便面

吃成了心形

2008年6月15日

亲爱的亲爱： 亲爱的亲爱

亲爱的亲爱:

　　这里的树很多，这里的山很青，这里到处是残垣断壁，这里的雨很多，这里的帐篷很潮，这里的路很黏。到这里四天了，下了三天雨，今天还不知道下不下。现在天很阴，一下雨，我们这里的工作流程就是这样的：躺在帐篷下看雨，把帆布里兜着的雨顶出去，看帐篷学校哪哪儿堵了，拿着铁锹四处疏通雨水，哪个地方因雨水变稀陷了就端几锹煤渣铺上。前天我们八个人卸了两卡车煤渣，又一锹一锹地把煤渣铺满了校园，累得我，咸咸的汗水把腰都淹肿了……

　　一停顿的时刻就会想到你，别人累了吸烟，我累了就抱着头倚着树想你，你就是我的烟，我的沙发。

　　挖帐篷旁边的水沟时，无意挖成了一个心形，看到它，顿时温暖了起来。

2008年6月16日

亲爱的亲爱:

　　没有老乡给我们做饭了，我们只好自己做。我年龄大，又被兄弟们所倚重，当然自告奋勇，于是，我又当起了大厨。好在我对饮食是有研究的，又因了你的爱身体力行着，做饭于我不是很难的事情。只是刀太差，很钝；炉火太差，灶头只有一个；切菜的案板太差，只有两个巴掌大；菜也太差，因为多雨，这里的菜全是水汽；调料太差，那些让我们意乱情迷引生仙气的调料一味也没有……在这样的条件下，上午我做了一锅炖菜，下午炒了一个酸辣黄瓜，一个清白土豆丝，一个黄金豆腐，一个绿色满园，一个姹紫嫣红，一个水乳太阳，一个仰天一啸，一个听雨，一个晶晶亮，一个暗香。

　　菜端上，他们吃了都说好，阿甲说，林一苇是那种烧水也烧得比别人好喝的人。覃明说，吃林老师的饭，会更热爱生活。是吗是吗？我一边问，一边偷偷笑。被人夸真的很享受啊。

　　"我做饭好全在于我有一个好老婆！"我差点这么说，因为害羞，我红着脖子忍住了。

　　晚上睡觉才发觉手疼，但是实在太困了，尽管右手食指火辣辣得疼，我依然在唉哼中沉沉睡去。亲爱的亲爱，说实在的，昨天晚上我第一次不是在念着你的名字睡去的。

　　早上醒来洗手，我的天啊，我看到我的手上磨出了一个血泡，而且，它是心形！

　　亲爱的亲爱，又下雨了，我隔着滴雨的竹叶，仔仔细细地想你。

2008年6月17日

亲爱的亲爱：

今天我认识了两种叶子，是在早上小便的时候发现的（我们这里没有厕所，小便全是在庄稼地里，好在从来没有玉米抗议不让我们在那里大小便）：南瓜叶一出生就是心形的，向日葵叶子一生出就是心形的。

2008年6月18日

亲爱的亲爱：

昨天送一个住在山里的小同学回家。路上，忽然发生了余震，轰轰隆隆的声音吓得后方的同伴们都傻了，很多人都想，这次林一苇是青山有幸埋诗骨了。但在山路上的我，一点也不害怕，当轰隆隆的一声响时，我先弯腰护住孩子——谁让这一会儿咱是老师呢。一些跑得快的石头从我身边跑过，就像学堂里那些调皮的孩子，故意在我面前跑，就是想让我夸他们，但我故意不夸他们，我瞪他们，于是，那些石头灰溜溜地走了，它们的同伴也不敢来了，我瞪了它们一会儿，领着孩子到家。

路上我想，林一苇是不能死的，我还要给我亲爱的亲爱暖脚呢，我们有过约定，要生两个孩子，要把兰阳建好，要建一个博物馆，要把我认识的所有的菜给亲爱的亲爱做一遍，要用巧克力做一个婚床，要用草莓堆一个山洞，要用情诗做一个走廊，要用苹果扎一个沙发，要用情人节邮票做一个床单，要用诗歌给你做许多许多的短裤，要用，哦，还有一项差点忘了呢，要用我眼睛里最干净的水给你洗一次长发。

　　亲爱的亲爱，老实告诉你吧，回来的路上，我哭了，我想啊想，要是我死了，谁会像我这样疼你啊，谁会想到，搂你时要四指并拢，用指尖和手心的肉垫着你的细胳膊，你才不硌得疼。

2008年6月19日

亲爱的亲爱：

　　每天早上是我最幸福的时候。起床了，终于可以从潮湿的被子和帐篷里走出来了，不管有没有阳光，都有新鲜的空气，高阔的天空，有明亮的路和露水。我刷过牙后，就到学堂东边的树林里小便，走在若隐若现的小路上，看到露珠弹到我的腿上，就像给我亲爱的亲爱铺一条玫瑰花的路。我伸长着眼睛，看路看叶看花。

　　亲爱的亲爱，这些天我又看到了很多心形的叶子：大豆的叶子是心形的，豆角的叶子是心形的，桑葚的叶子是心形的，笋瓜的叶子是心形的，芋头的叶子是心形的。芋头叶子的心很深，可以藏两滴露珠。很像——泪水。

2008年6月20日

亲爱的亲爱：

　　早上起来又是一个大阴天，我在心里暗暗祈祷，苍天啊，你要是心疼失学的孩子，你要是心疼我，你要是心疼梧桐树下肩膀柔软需要美好爱情依靠的我亲爱的亲爱——她真的需要我有一个好身体，你今天就不要下雨了。果然，憋到夜里零点十分，雨猛地哗哗下起来，像受了很大委屈……

　　想到早上的祈祷，我感动得捂住了心。

　　到绵竹七天了，天天下雨。寒冷、阴湿、劳累、泥泞、没有水、没有电、不能洗澡，我什么都不怕，唯一怕的是连绵的阴雨和潮湿让我得了风湿，我亲爱的亲爱需要我好胳膊好腿啊。

　　谢谢苍天，你让我相信有神灵的存在，以及爱和信念的力量。

2008年6月21日

亲爱的亲爱：

　　昨天，我知道你是最美的女人，今天，我又确认你是最美的女人，我以今天的心情推定明天，你明天还是最美的女人。你永永远远是最美的女人。哦，不，这句话应该这样说：你永永远远是林一苇心目中的最美的女人。

　　我到四川后，你给我发短信，说我开眼了吧，川妹子让你看花眼了吧。接到你的短信后，我笑了，亲爱的亲爱，你真比所有的猪头都要傻，你用脚趾头也可以想到，没有人在我心中比你更美。

　　因为世界上没有第二个豆豆，没有人像你一样把美人痣长到腰上，没有人像你一样感冒了擤鼻子也那么优雅，没有人像你一样怎么作践自己都是天使……还让我说吗？当我用尽全部力气说出你的百分之一的优点时，我觉得你剩下的百分之九十九的优点都被我羞辱了。

　　你是我眼中最美丽的女人，这点听过我童话的生灵全知道。

2008年6月22日

亲爱的亲爱：

　　今晚帐篷内只有我一个人（阿甲到另一个帐篷睡了），

亲爱的亲爱： 亲爱的亲爱

我终于可以自由地抱你了。

又及——

也许很久没有抱你了吧，我左抱抱右抱抱，怎么抱都感到可以抱得更舒服些，于是我不停地变换抱你的姿势，左抱抱右抱抱上抱抱下抱抱……

被子有点潮，我知道，只要捂在心上，我就可以把她暖干。

2008年6月23日

亲爱的亲爱：

你总说我可以活得快乐些，我按你的吩咐做了，看电影、蹦极、蹦迪、玩杀人游戏，我玩得快活极了也疯极了，可每次快乐之后，我都坠入更深的虚空中，这种虚空让我恐惧和哀伤。

没有你的日子，哪怕一点点快乐，我都觉得是罪恶。

2008年6月24日

亲爱的亲爱：

我知道红薯为什么好吃了，因为红薯的叶子是心形的。

以后的以后，我想，咱们在一起时，我们就把红薯的名字叫作——

　　哦，差一点忘了，我要对着你的耳朵说，我不想让别人第一个听到，那些朋友们虽然都是可爱的，但哪怕他们夸我一万句，也没有你娇嗔的笑容对我的奖励更让我感动。况且，我已经后悔这么多年来让那么多不相干的人听到我说的那么多生灵的诗意的话。

　　亲爱的亲爱，一苇没有什么本事，我能做好的是：为你重新命名一个和任何人都不一样的世界。

2008年6月25日

亲爱的亲爱：

　　昨天我们围着烛火谈爱情，我们每一个人都谈了自己的爱情，当然我也谈了，我说到你：

　　"我的那个她呀，哈哈……"

　　"我爱她没有任何理由……"

　　"她呀，除了和世界上其他女人不同外，和其他女人没有什么不同，她呀，除了和世界上其他女人相同外，和世界上其他女人真的有许多许多不同……"

　　你不是说废话吗！朋友们回过味来，一起嘲笑我。

　　"你的女朋友有缺点吗？"朋友问。

"哈哈，你们真傻。"我说，"就是你们把她的特点看成了缺点她才没有喜欢上你们啊。"我笑着说。

"你的女朋友不讲理你也爱她吗？"朋友又问。

"哈哈哈哈，你们呀你们呀！"我说，"就是我爱人知道你们爱讲你们的道理我爱人才不喜欢你们呀。"我笑了笑："你们怎么不听听她讲的道理呢，我总是爱听她讲的她的道理。"

他们纷纷喊我老师。

亲爱的亲爱，因为你，我的生活变得生机勃勃且充满意趣，感谢，因了你，我得以重生，因了你，我看世界的眼睛明亮起来。

2008年6月26日

亲爱的亲爱：

连续晴两天了，我一直想写篇童话，给你。我写下了很多题目：《西红柿为什么哭了》《一棵叫光荣的树》《兔子的第七张皮》，我还写了《春光炒豆芽》《一径甜蜜》……可是，因为总是在想和你结婚的场面，我总是没有办法写下去。

亲爱的亲爱，在夜里偷偷吻我一次吧。你不来，童话便无法开始。

2008年6月27日

亲爱的亲爱：

晚上9点的飞机回北京，在汉旺待了半个月，我在想我做了什么。在汉旺半个月里，我做了一个好老师，做了一个好兄长，做了一个顾全大局的人，做了一个仁爱慈悲的知识分子，但是，这一切，远没有比做一个情圣和你的仆人让我幸福。

对不起仁爱学堂的超级战友们，作为一个男人，我得说真话，来汉旺做一个志愿者是我不愿意的，如果没有灾难，如果那里的孩子在灾难后依然可以走进学校，如果那里的老师可以像我一样会讲童话，我是不愿来的，我更愿意做一个爱情食谱的厨师，更愿意做一个爱人座驾前的马车夫，更愿意做一个躺在床上哼哼唧唧的懒汉，甚至做一个为爱人打架的莽夫，除了回应爱人的需要和召唤外，我什么都不愿意做。

如果我的老婆让我做志愿者，那么，她指向哪里，我走到哪里。

2008年6月28日

亲爱的亲爱：亲爱的亲爱

出神四篇

之一 · 六月祈雪

六月和煦明亮的天光里，我忽然盼雪。

红的雪、黑的雪、白的雪，飘飘摇摇，随心生、随意下、随缘留。在我感念的一瞬，止。这时大地明丽纯净，一群张扬生命的鸟儿悠扬飘出，一片声音划过天空，落到心海。太阳悄悄出来了，半红、半白。

只要是雪，只要在我祈祷的一瞬，下。我便相信，这世界是美丽善良、充满神性的。所有美丽的愿望都能实现，所有美丽的灵魂都会安宁幸福。我便会自觉扑倒在神的面前，诚恳地叩首、幸福地感念、自由地哭泣，在眼泪的喧哗中感谢神的慈祥与宽容。我便从此沿爱和圣明的指引走路，不携一丝铅华。

冥想时，天空有白白亮亮的碎屑漂亮地落下，打开窗，是错觉。

凄然里想，多少纯洁心灵泪光的祈祷里，没有下雪；多少赤诚心灵滴血的呐喊里，没有下雪；美丽的窦娥血溅了地，没有下雪。这雪，会为我一颗柔弱心灵的小小情怀而下？

雪下，发乎情；

不下，止乎理。

之二·想象江南

想象江南，有许多美丽的女子，随便拉一个，就可以爱。

那里的风是水洗的，路是水洗的，花和树是水洗的。水洗过的花和树，自由、青春、雍容华贵。她们随意摆一下姿态，就让流浪的少年神情飞扬，走向诗歌与爱情。在江南，流浪的少年距离诗歌与爱情最近。

想象江南，水洗过的村庄宁静温馨。那里的房屋蜿蜒而筑，有一扇面向小溪开着的窗口。窗台有吊的金钟和爬的牵牛花。早上，打开的窗里托出一张梳妆的脸。流浪的少年河边走过，吟出很多千古绝唱。

想象江南，有许多美丽的女子。她们自然、生动、美丽、风韵。她们习惯阳光筛过窗台时梳妆，然后，端起一个木盆河边浣纱。她们以浣纱为借口等待在河边，让母亲的呼唤此起彼伏。她们静静地等着，等着一个梦中一样的称心。然后，爱。

之三 · 岁寒思雨

那雨是细的、轻的、缓的，不湿衣袖的，不溅尘的，能够从从容容地散步和思念的。

那雨介乎呼与吸、动与静、冷与暖。驱了尘与烟、喧与闹、恶与俗。还了润泽、明净、生气、希望、喜悦。

美丽的雨淅沥、滴沥。把尘驱走烟驱走，现了群山；把喧驱走闹驱走，现了小路；把恶驱走俗驱走，现了平常心。传说，小雨是神灵安抚痛苦的心的，那细细的滴落，是神祇低低的诉说，那轻轻的抚摸，是神祇宽大的手。

试想，那些举起的刀又放下的，那些张开的弓又松弛了的，那些美梦能够无碍做完了的，那些宴席能够欢散了的，有多少次，因了雨！

寒冬的夜晚，我沐那一份温馨。

祈祷拥一份廓朗心情走过冬天。

之四 · 梦中北国

如果历尽劫波我还能够活着，如果苟活里我的身边有一个女人爱我，那她一定生长在北国！

我们是从空气中认识的，不，在空气之前，我们已经认识了，在500万年前，她是我身边的单细胞植物，在野火的蓬勃和河水的漫卷里，我们分离，然后，蹉跎。终于有一天，在500万年后的今天，我们相逢，我们忽然发现，我们自然热烈地扑向对方——自由地拥抱，幸福地哭泣，忘情地歌唱——

我终于融化，像冰一样地融化，坍塌在你白玉的脚下，

我终于让爱情不请自来，一打开门，就有幸福飞到家；

我终于可以开怀欢笑，即使半夜醒来也不再害怕，

我终于可以看着你，看着你，沉沁于温暖、幸运、力量、骨肉亲情，可以无所顾忌地泪如雨下……

站立一旁的动物目瞪口呆，他们激动地和我们合唱。

树上的鸟儿在忘情歌声中激动得晕了，一个个从树上栽下来……我在戛然而止的歌声中忽然笑醒，才知道，我在做梦！

梦中的北国，有着茂密的森林和迤逦铺展的白雪，太阳红艳，飞鸟健捷，树木习惯重压但骨脊梗直。从任何一个方位你都可以走进它，走进去你可以选择任何方向，任何方向都可以让你消失，任何消失都会被松软的树叶和白雪的地毯包裹得柔情蜜意……

有着白雪的北国，消失是美丽而干净利落的，只有那些深含爱情的人，多年后被人发掘时才会看到——那颗心还在跳着。

梦中的北国，我铺展洁白的灵魂成圣洁的祭品。

——奉献给爱情。

安静地书写

我喜欢静静地趴在桌子上，而你，就坐在对面。

屋内是一片幽暗的光，房间不大，以营造温馨。墙角里散落着一两个客人，以点缀我们的存在。四周流转着咖啡细密的香，仔细分辨有太阳照在蓝山的味道。我坐在那里，以斜躺的姿势，有时会把一条腿压在另一条腿上，我始终不敢放肆，因为我喜欢你一定是从尊重你开始的，但手总是托着腮的，以便专注地看你。

你总是伏在桌子上，桌子上有一盏小小的蜡烛，火光恰巧打在你的脸上。当然你有很多姿势，当然我忘了。我只关注你的话语，确切说是你的脸庞，更确切说是你的眼神，神情里一颦一笑一齐从脸上飞去的神往……

我习惯这时给你写信，我打开珍藏的一直舍不得用生怕一下笔就对不住它的日记本，跑到洗手间洗了手，用湿巾仔仔细细地擦了脸，再用另一块湿巾仔仔细细地擦干净钢笔，以便写下干净的语言。你当然不会看。你知道我会害羞，你知道，我从来不将不完整的感情呈现给任何人的。你不看还体现一种拘谨和一种尊贵，这个词我怕把你说老了，你的尊贵是仙姿和婴儿的，我知道我又说错了，你的尊贵来自异界，有希腊众神的通透和美丽，又没有一丝邪恶和古怪，再加上从江南小溪流韵来的真纯。

我习惯回忆这样的过程，最初，你是不美丽的，哦，对不起，我总是这么错。在我的语言里，世界上没有不美丽的女人，只有没有认识到这个女人美丽的男人。但是，我处在一个"他们"的世界，我只能用"他们"明白的语言说话，如果用我的语言说是：最初，你的美丽是我不了解的。可就是一瞬里的一瞬，不知道你的一句话还是说话的声音，不知道是你嘴角的笑还是笑靥荡起的风情，不知道是翘起的手指惊了我的怜爱还是细看你的棉衫享受了平滑的优雅，也许什么都不因为，就是你起身时的姿态和你的脚步让我喜爱，就在那一刻后，我开始喜欢你，喜欢静静地看你，从发丝看到耳垂，看到下巴上光亮的绒毛，又从这光亮往上看起，看你鼻翕动，看你牙齿咬过嘴唇后它如何地红变成了白又如何白变成了沁红，看你双眸一睁一合时睫毛的朦胧，一睁眼，又追随你的瞳孔进入一个亮晶晶却是幽秘的故事，看你的头发一缕一缕从头上摔下来，又被你的玉手一次一次撩起来……

我本来想给你写情书的，写对你的喜欢，写你在我眼里的生动，写我对你的怜爱和珍惜，写我对你的敬慕和对神一样的膜拜，写我爱的誓言，写我对你的叮咛，可是，面对对面的你，我总是写不下很多字，经常，你要起身了，我才把咬着的笔从嘴里拿下，慌忙地抓起纸让你等一等，然后长叹一口气……

　　"你叹什么气呀？"你问。

　　"有一篇文章总是写不好。"我很委屈的样子。

　　"写文章很难吗？不会呀，你不是很自信的吗？"

　　我不知道如何回答你，我不想说假话，又不敢告诉你我在写情书，我也没有办法说你是我心中的神而越是敬重越是爱慕我越是写不出对你的爱。不是我笨，是世界上还没有产生描绘我感情的语言，而在现实里，我总是失败，这让我非常害羞。

　　"我在写一篇关于天气的文章。"我说。

　　你笑了，指指天说天气很白。

　　……

　　这不是我的文章，这是一枚情人节邮票的故事。

2050年出版的《一苇爱情札记》

封面：《一苇爱情札记》

作者：林一苇

扉页题记："献给我的唯一。"

护佑年老的你。

设计：白泪滴

编辑：红泪滴

插图：咸泪滴

校对：圆圆的

2006年7月12日

小狗小狗，我可以爱上一个女孩子吗

这个春天给了我无限张力，心里储满喜悦，我是习惯不说的，这样的美丽，在心里一个人享受更好，一言既出，就不是心里的况味了，但是，憋得难受。于是，见了一只狗我都想问：

"小狗小狗，我可以爱上一个女孩子吗？"

我还写了下面傻傻的话：

"今天上午阳光灿烂，真想出去犯点错误。"

"买一节藕，把它切成一个个圆片。放到书包里，在请她喝咖啡时，拿出来，放到你的眼睛上，说：嘿，我看不到你了！"

还写了一封傻傻的、嗲嗲的信，当然，信没有发出：

"亲爱的医生老师：

我爱上了一个女孩子，我是足够爱她，也有很大的把握让她幸福，但是我不知道她想什么，不知道她需要什么，我也不敢太靠近她，我怕万一冒犯了她伤害了我们的感情，那是我最不愿意的。我宁愿仰望她一辈子也不愿意失去她。

我更不敢直接问她是不是爱我，我觉得这简直是羞辱她，我也不敢以调侃的口气试探她对我的感情，我觉得那是羞辱我神圣的情感……亲爱的医生老师，我该怎么办？

×年×月×日"

又想起了一本书，《365种表达爱情的方式》，书是以你为参照物写的，还没有出来，刚好，我继续我的表达：

"知道今天是什么节日吗？"把这句话当作永远的话题和爱人交流。"嗯，今天是白色情人节。""不知道。""今天是我们认识第119天啊。""哈哈。"直到有一天，她说："老头子，今天是我们金婚的日子。"耶，祝贺你，你成功了！

"亲爱的，你早上可以不刷牙，我替你刷了。"

"在一个阳光明媚的日子，很自然地想起她，注意，这时你立刻放下手中的工作，关掉手机，躲开任何你可能遇到的人，也不要吃饭，以免肉和洋葱的味道沾染了她。让自己干干净净地想她。"

"给她发一条信息，告诉她你正坐在铁路旁等她。当然，最好是不发，等到某年某月的某一天，让她自己知道。"

"在她主持一个重要活动时，突然走到台上，对她耳语'亲爱的，今天咱们在石榴籽上做爱'，然后，迅速离开，在台下偷偷看她惊讶的表情。"

"向每个你冤枉过的人道歉。同时，原谅所有冤枉过你的人。以很敬重的方式告诉他们，一切都过去啦，你要过新生活了，你爱上了一个好女子。也可以，和所有你不太喜欢的朋友绝交。"

"绘制一张理想家园的图纸，不要求专业和规则，但要用详尽的文字叙述你的设计目的、用途和使用方法。做好后，签字。送给她。"

"买一箱可以长期保存的矿泉水和几包压缩饼干、几大包糖果、几大包巧克力、几个苹果，扔到墙角里。如果她发现了，你说，怕地震了你饿着。"

"亲爱的，告诉我一种方法，不用打电话，不用发短信，不打的，不坐公交车，不走马路，不问楼号，不看门牌，可以找到你。"

"很自然地生一次病，拍一个胸部CT，在CT胶片上刻出I love you。"

"念着她的名字，把思念腌起来，埋到一个水晶坛子中。"

"怀着爱她的心思，随意做一件你想做的事。"

"拿一把扫帚，站在你家的屋顶上，在天空上反复写下：我爱你。"

"在一片沙丘上写下她的名字以及我爱你。你爱得深，笔画当然划得也深。顺着笔画浇上蜂蜜，直到蚂蚁把字爬满，离开。"

"想象她是你心目中的什么动物，从此后善待这种动物，成立一个保护这种动物的组织，即使一个人，也要在某年某月某一天上街宣传保护这种动物。"

"买张世界地图，问她看上了哪一个小岛，封她为这个小岛的王。然后以一个知事者的身份，郑重其事地给小岛所属的国家写信，以不容置疑的语气告诉这个国家的总统和议会议长：这个岛其实是我老婆的，不管你们承不承认！"

"在一个深夜给她打电话，注意，要算定在这个时候她肯定关机，认真地听手机里的女声提示：你所拨打的电话已关机，你所拨打的电话已关机……直到听到静音，再拨再听，这样拨打10次。"

"在她高兴的时候，和她顶一把伞出来，到处乱跑，她问你干什么，你说，亲爱的，咱们在找雨。"

"坐在一条河边，想她。"

"在一天，找到她所有能联系上的关心她的人，告诉他们，你爱她，保证爱她一辈子，保证她幸福，即使她有一天要离开你，你也可以保证在她以后遇到困难时帮助她。"

"选一个安静的地方，检讨自己离纯粹的爱有多远：你是在谈一次纯粹的恋爱吗？如果没有目的和结果你还爱她吗？你因为她偶尔的行为不雅厌弃过她吗？你因为她表达方式不对责怪过她吗？你强她所愿过吗？你在乎过她的家庭学历和收入吗？反思后，写一封深刻的检讨信发给上帝，并保证以后不犯。"

"买一批创可贴，写上我爱你，贴到胸口上。"

"营造一种敬重和纯洁，或者温馨浪漫，或者放浪天真，把她放到床上，从脚吃到手指头。上面是三种方式。"

"用你的方式计算到她家的距离：比如骑自行车到她家，在自行车轮子上绑一根红丝线，数一下到她家要转多少次车轮，以后给她打电话时就可以说：亲爱的，我到你们家还有33个车轱辘。"

亲爱的亲爱：小狗小狗，我可以爱上一个女孩子吗

给上海的一封信

上海你好!

　　本来，我是和你没有任何关系的。对于我来说，你不过是一个地理名词、是生煎包、是和心情有关的一次旅游。我们一切的交往都可以以金钱完成。所以，你对我，和纽约和东京没有什么不同。甚至你不如纽约和东京，那里至少是异域的。我还记得那的空气没有你们这么糟，那里白天也不用点灯。

　　所以，上海，你和我，就是风起时吹不皱的山坡。你是你，我是我，我们不是同一个阶级，我也拒绝和你交流。

　　但现在，上海，我告诉你，我爱上你们那里的毛毛了。

　　所以，我真诚地感谢你!我知道，是你那里的水，那里的风，那里的人把毛毛变成了这样。变成了我恰恰喜欢的、可人的模样。尽管我知道你是狠心的和无心的，我知道我的毛毛在小学初中高中吃了多少没有丝毫意义的苦！但不提了，上海，因为毛毛，我爱上了你。

现在，我将毛毛交给你，在我迎娶她之前，恳求你保证她的平安。你一定要保证不要让她遇到车祸、塌方，不要让她遇到不卫生食品，不要让她遇到流行病和误诊，不要让她遇到有毒的东西，不要让她遇到超出正常社会想象的伤害！

如果毛毛和我分手，上海，想起你我会疼。我将拒绝再次想起你。

林一苇

2009年11月4日

真情书

本姐姐：

现在我躺在床上，看着天花板，想你和我的缘分和种种机缘巧合。

首先说，我们的相爱是得到了神的祝福的，我妈恰恰生了我，你妈恰恰生了你，如果错了，或者早生一天、晚生一天，甚至你爸爸不认识你妈妈，我爸爸不认识我妈妈，甚至我们的爷爷奶奶有一个出了情况，我们两个都不会遇上。你看多巧啊！这一切神迹都表明，我们是被神看顾的，我们是神的孩子，所以，我爱你，这是神的旨意。

再细想一想，哈，更神奇，你看，从我家出门随便走哪一条路，都是通向你家的，差别就是拐几个弯而已。再想一想，为了修这些路，政府要花多少钱啊，他们为了让我能和你约会花这么多钱修路，可见我们也是被祝福的，被这个城市的每一个人祝福。

再想一想，啊，我特别感谢我的小学老师，他如果不讨厌我，我就不会留级，如果我不留级，就不会遇到袋鼠，如果不遇到袋鼠，就不会遇到你。

别说不爱我啊，盼你的信。

2009年4月10日

跟我走吧，地球晃了两晃

【一】

亲爱的，首先，请闭上眼睛。

你要的我都可以给你：温暖，爱抚，游戏，一条又一条花裙子，和你一起做你父母的孩子，向欺负过你的人报个小仇，赖在一个好玩的地方总是不走……

甚至，甚至的甚至……

甚至的甚至就不说了吧？

那么，亲爱的，请去厨房捡两片白菜叶捂住眼睛。

【二】

亚洲是黄色的，欧洲是蓝色的，非洲是淡绿的，南美洲是青紫的，澳洲是白色的。你随便说一个地方，我带你去。

【三】

据说，在婺源，那里的人们很少感冒。万一感冒了，他们就拔一根葱，剥皮，把嫩白的葱根切成细段，插进鼻孔中，很快，感冒就好了。

【四】

婺源宏村的女孩子非常美丽，她们的皮肤白皙红润，你休想在任何一个女孩子脸上看到一片斑点。美国纽约一个妇女考察团去那里考察，待了两天，一个个垂头丧气回去了。那里的美容方法很简单，每天，用两吨水洗脸。纽约的姐妹们要么用不起两吨水，要么，找不到婺源那样的水，这里要特别交代，那是矿泉水。

【五】

任何一个去巴伐利亚旅游的人，都可以在那里申请登记结婚。

在已知的11111对情侣中，每对都非常幸福。如果你问，将来离婚怎么办？正给你办理结婚登记的女孩子立马放下笔哇哇大哭"不嘛不嘛……"。院子里几个正唱歌剧的婆婆会立刻赶来，她们口里喊着"打你的臭嘴"，一边十几只温柔又勤快的手伸过来，轻轻而又清脆地打在你的脸蛋上。原来，这是他们解除咒语的方式。如果有人说错了话或者说了不吉利的话，自己或者让别人以最快的速度往嘴巴上打一下，说过的话就不会算数了。

顺便，咱们在那里结婚。

【六】

在亚马逊河中有一种鱼，它们总是游在水深50米的地方，它们总是成双入对出来。男鱼体温冬天29度，夏天23度，女鱼没有体温。所以那里男鱼总是抱着女鱼。奇怪的是，那里从来没有男鱼抛弃女鱼的现象，倒是女鱼总是挑衅男鱼的底线，动不动就离开男鱼。女鱼一离开，男鱼就哭，大声地哭着喊着拼了命寻找，所以，亚马逊的河水总是那么多。

【七】

我经常接到邀请信，他们邀请我去讲课、游戏、说童话，还答应我可以胡言乱语，但是，我一看邀请信就撕了，"他们总是把称呼写错！"我气嘟嘟地喊。他们总是把我的名字放在亲爱的你的名字之前。"他们不知道你是我的神吗？"我是你的奴隶和仆人。以后，我要把这句话写在我每一本书的卷首。

【八】

走了这么长的路，我们已经老了。

突然有一天传来消息，北极像一根棍杵了起来。地球本来就是一个跷跷板，南极沉了，北极就轻了，这个事实让很多人不相信，北半球的人比南半球的人多很多呀，怎么会呢？！后来，人们终于明白，现在地球是以爱来衡量质量的，连地球也明白，没有爱的生命一文不值。南极的帝企鹅都比人类更懂得爱，所以，南半球比北半球重了七倍就不奇怪了。

很多人给我们写信，俄罗斯总统加拿大总理也来信，他们把我们当作了唯一的救命稻草。"你们是怎么知道我们的？"我问。"在你们走过的路上，一路玫瑰花开。"

那么，给我们做一个冰棺吧。

【九】

我说出了终结者的语言，同时被一枚唯美的爱情之箭射杀。

我的意思是，亲爱的，我们要走了，我们该走了，我们要走更长的人类不能走的路。请和我躺在冰棺里，像一枚鲜果躺下，像一枚鲜果从秋天向春天过渡，像一枚鲜果从现在向未来过渡。我们不死，爱情不死。

我们躺了下去。

他们做了两个冰棺。其实，一个冰棺就足够了，他们总是这样，和爱情总是有差距，到最后还让我批评他们。我们躺在冰棺里，你枕着我的右胳膊，我压着你的左腿。

【十】

地球晃了两晃，终于平稳运转。

它沿着自己的轨道，不，分明有人在另外一个空间看到，上帝一脚把地球和整个太阳系踢到星空中，地球像一个金色的丘比特之箭，向未来射去。

2009年3月21日

猜猜我有多爱你

　　亲爱的，我一直不太敢说对你的感情，我不知道用什么话说，我也不知道用何种语言说。

　　如果我用人类的语言，那么，天地将为之恸哭，山河为之变色。我曾经坐在草丛中想你，第二天我看到，那些听到我心里话的草上，挂着清凌凌的泪珠！我的朋友问我："老东西，你真的恋爱了，爱上豆豆后你有什么感觉？"我端着嘴巴想了想说："就是踩着星星的感觉，一走一走一走；就是躺在浴盆里看书的感觉，似看非看在看；就是赤脚走在海滩上，小脚丫丫被鱼咬的感觉，甜甜痒痒疼疼；就是命在身里的感觉，多么正常多么自然。如果没有命，要个肉身干什么？

如果没有爱，要我林一苇干什么？！"

认识你以前，我总是要求别人敬畏我，认识你以后，我敬畏一切人。是许许多多看似无关的事让我走向了你，是许多许多看似无关的人让我认识了你，甚至许许多多的磨难许许多多的错误……甚至一粒沙子也让我敬畏，那天因为饭里的一粒沙子我硌了牙，硌了牙的我因为郁闷就在网上和豆芽吵架，因为本性至纯我们互相原谅，就是这个不曾相识的豆芽让我认识了你。我知道豆芽，她是一个荷叶托着的人，而那粒沙子是怎么来的？

【二】

女儿是一个小屁孩儿，才11岁，却是最了解爸爸的人。她喜欢和爸爸开玩笑。有一次，女儿问我，爸爸，说说你有多爱豆豆阿姨。我说，我想像风一样追随着阿姨，一刻也不想离开她；我想像水一样呵护阿姨，一点也不让阿姨感觉不舒服；我想像阳光一样紧紧包围着她，我想像你脚边的莲花一样托起阿姨，让阿姨显得骄傲又尊贵。女儿说，爸爸，你比风痴情多了，你比水温柔多了，你比土谦虚多了，别装，你的心情我理解！

我笑了："非不能也，是不为也。"，在我心中，豆豆是我最高的奖，有获奖的时间，还不如给俺豆豆洗几双袜子！

【三】

在爱的传奇里，有一个书生爱上了只有一只眼的姑娘，因为爱，书生再看两只眼的姑娘就觉得多了一只眼。这样的故事当初我一直不理解，但我爱上你后，我理解了。因为从我爱上你后，我就喜欢上了你脸上的雀斑。我曾经这样写下日记：她脸上的雀斑就像烧饼上的芝麻，初看有点扎眼，再看怎么看怎么有韵致（3月6日）。她脸上的雀斑就像烧饼上的芝麻，特别香（4月6日）。她脸上的雀斑就像烧饼上的芝麻，初看有点刺激，如果你看过三次后，你会想，如果没有雀斑，她的脸上是多么没有内容啊，那会多么乏味，正如烧饼没有芝麻（4月24日）。

【四】

你一直说你胖，你一直说要减肥，可是我一点也不觉得你胖，不信你看我的日记，这是5月16日的日记：她的脸胖得像水一样，她的脸细腻得像水一样，我能像水一样享受和感觉你的胖，你就尽管胖吧。

【五】

要说我也有点小钱，可是当我想到你，想到每一分钱都可以给你一分钱的快乐，我现在变得拘谨起来。春节去看你，我买了站票就上了车，后来广播通知说，可以补卧铺，我就兴冲冲地去补票，可走到半路，一想，补票又要多花100块钱，这100多块钱，可以请你吃一顿饭呢，你那么省，我不忍心。于是就站了一路到你们家。我很幸福。

【六】

爱上你我走了太多的路，每一步路都是我愿意的。

你在北京时，从我家到你那里有三个小时的路程，可是我每天都想走一趟，你说那多累啊，我说不觉得啊。一上路我就胡思乱想，想着你，想着诗，想着古今中外，梦里进梦里出，一会儿就见到你了。好像上车走路就是一种工作耶。你回到了青岛，我去找你，我住的宾馆到你的家有很远的路，送你回家后，我总是走着回宾馆。你发短信问我上车了么，我说坐上了，其实我没有坐，我想一步一步走着回去。在路上想一个人，觉得延绵隽永，比在嘈杂的车上好。现在我在北京，你在青岛，可是在我心中，就是一步的距离。每次坐上车，我就在心里说，我一步步走向你了，我一步步走向你了，走向爱，走向幸福，走向宿命，走向愿望，走到死。

这是两则日记

之一（2007年2月20日）

亲爱的，我已经试过了，汉语不足以表达我对你的爱。我将汉字一个一个码成了很高的墙，可是不够重，我将汉字一个一个织成了锦，可是不够软。我将汉字一个一个摞到海里把它们泡开粉碎重组，可是因为有5000年的沉渣和别人使用过的痕迹，重组后的语言仍不够新鲜。啊，上帝，我该怎么办？难道我这一生只能用手语、用眼睛、用笑容、用低眉顺手、用半夜站在山上号叫来表达对豆豆的爱么？郁闷。

之二（2007年6月1日）

亲爱的，我已经试过了，汉语不足以表达我对你的爱，汉语里最深情的文字也不足以表达我对你的爱的万分之一。你说法语？法语也不行，我也试过了。我还试了英语、德语、西班牙语、葡萄牙语……可是，可是都不行，我都试过了，我该怎么办呢？现在，我正发明一种叫作兰阳语的语言，那是一种你听了就感到温暖，你听了就会梦、就会飞的语言。

【七】

自从认识你后，你便无处不在，早上醒来，睁开眼睛便想到你，不知道你在眼皮里睡了一夜，还是在眼皮之外待了一夜？夜里，我总是以你喜欢的睡姿，假装抱着你，抱着被子睡去。在心头、在指尖、在掌心、在血管，我想到你是我每一分钟都愿意邀到心上的客人。当我好多次莫名其妙地在梦里在枕上在厕所独自出神的时候，忽然喊出你的名字，我才知道你是侵占到我骨头里的神。

【八】

爱上你以后，我总是做一些莫名其妙的梦。我梦想着有一棵树，树上结蛋糕、毽子、12种水果（不能太多了，12种就够你吃了），梦想着一种阳光，扯下来一片就是衣裳，在绿树上是绿衣裳，在海水中是蓝衣裳，在麦穗上是金衣裳，在油菜花上是黄衣裳。一天，有一个老人走过来，要领我走，我问他要到哪里去，他说地狱，我问为什么，他说我死期到了，上帝规定，凡是做不符合规律的事，上帝都要减他一天的寿命抵偿，本来我可以活100岁的，现在我只能活60岁。老头说完要扯着我走，于是我哭了，我喊着说我不愿意走，我问他，我还有几分钟活？他说还有三分钟，我说，我可以少活二分钟，你可以用我这二分钟帮我实现一个愿望么？上帝看我可怜，点点头说可以，我赶紧说，我的愿望是陪豆豆活到100岁！上帝愣在那里半天说不出话。我笑了。这是我前天做的梦，这个梦让我笑醒了。

【九】

　　爱是爱，爱是不爱，不爱是爱。这些话看着混乱，但是你我的爱情让我体验那么深。我爱你你是知道的，你在内心里盼着我，更加坚实地爱你，更加执着地等待。我其实也愿意这么做，但内心里，我愿意拒绝这份感情。因为如果我那么做了（以我的智慧、我的能力，得到你的爱是没有问题的），我会问自己，我是不是无意中在用智慧欺负你，我是不是无意中在用经验欺负你，我是不是无意中在用感情欺负你。我不想用物质、智慧，甚而至于感动获得爱情，我想让你自愿。

　　所以，也许因为爱，我离开你。

【十】

　　你永远猜不到我有多爱你，我自己也不知道，我可以一直写下去，直到我死去。今天我再次明白一件道理：世界上最重要的事情无法用语言表达，这就是爱存在的理由，这就是一苇对豆豆的爱。

关于爱的碎句子

你们失恋只是失去了一个女朋友，而我失去的却是老婆。

醒了，睁着俩眼看天花板。天花板里有一个你，就是掉不下来。

我可不可以给你做影子啊？不说话，不争取和你一样的高度，安静地追随你，不弃不离地跟着你，你和别人调情我也安静地祝福和喜悦，或者，装作不知道。

有一天我这样想
能不能像鸟儿一样
站在树枝上

看远方

爱上一个人

没有希望

也不忧伤

选一条小溪，躺下去，顺流而下里想念你是不是更好？闭上眼睛，漫无目的，不对，你就是目的。在目的里丢，知道要丢，就为了丢，一定会丢。

想你了，我站在河里洗手时，很干净很干净地想你。

在山上，我倚着一棵树休息，一低头，看到湖水中的我，头发已经斑白了，哦，我再次倚着树，皑皑白雪里，想你。

每天，最想做的事情是：

我用舌头，堵住你红唇的枪眼。

偶尔，用舌头在你胸脯上习字。

作为副业。

在墙上钉一颗钉子，把自己挂上去，在旁边写上：雨具、枕头、床上用品、多功能生活用品、白金信用卡、×××专用。

亲爱的亲爱：关于爱的碎句子

大雾从山上跑过来，像跑来一群羊羔。

抱着被子睡着

醒来，才知道

抱的不是你

抱着你睡着

醒来才知道

抱的是被子

你趴那里半天了干什么呢？

我在一片叶子上推敲阳光。

老公，我胖了。

让我摸摸。哦，你就是胖了，你的脸胖得像水一样。让我喝一

口吧？

不要不要。

你还爱我吗？我已经很丑了。

哦，干嘛不爱你呀。

十年前我像风一样地爱上了你。现在，我想像水一样，无处不在地包围着你。嘿嘿。

呀，今天我制造了很多垃圾，麻烦老公了。

啊，这哪是垃圾呀，这是我老婆今天制造的无数个唯一。没有听说过吗？那些唯一的垃圾，我们称它为宝贝。

她的脸像剥了七层的白菜心一样干净。

吃个西红柿炒鸡蛋吧，不然太阳就不落山了。

不要再想我了，也不要恨我，恨是比爱更大的伤害。

所谓失恋，就是你抢先一步把我抛弃。

我不说真话，也不说假话，我说童话。

世界上最伟大的事情无法用语言表达，这就是爱存在的理由。

世界上没有不美丽的女人，只有没有认识到这个女子美丽的男人。

这落难的新娘，好像一只裂开的石榴，溅得一地碎玉……

生活用苦难打磨良心，而善良是唯一的希望。

玫瑰玫瑰，我可以为你受一次伤吗？

小鸟和男朋友吵架了，因为刷牙。小鸟的爱人捂着被抓伤的脸说，小鸟刷不刷牙都很美丽，但是我还是希望她刷牙。旁边的一个人笑了："切，想吃她的舌头了吧？"

只有美女才能成为美女蛇啊！

伤心了怎么办啊？跟着你们家猪出来转一圈就好了。

世界上最好吃的六种东西是：爱人的唇、爱人的鸡爪、爱人做的豆腐、爱人像胡萝卜的鼻子、荔枝、爱人像苹果的脸蛋。

把蝴蝶送到兰阳去，把小笼包送到上海。

亲爱的，路灯听说我爱你，全部都亮了；路听说我爱你，感动地躺在了地上。

我爱你，会像指南针爱南方一样爱你。说这话时我没有醉。醉了我会说：指南针像我爱你一样爱上了南方。

如果我哭了，请不要告诉我。

走最远的路，谈最周折的恋爱。

躺在床上呆呆看了半天月亮，我明白了，科学拯救不了世界，拯救这个世界的是懒惰。哦，也许还要加上爱情，诗歌要不要？要吧。童话呢？童话也要。好了，好了，世界已经太好了，不能再好了。

我爱你，很爱你，但还是你来爱我吧。我喜欢那种自投罗网的感觉。

我发现我说了太多本该说给我爱人的话，这种感觉让我羞耻。

以慈悲心走无情路。

我坚持并不是明天遇到的她更美好，是我会比今天更完美。

对于猪来说，时间算什么呢？

你们总是用你们的语言和我说话，所以我不能回答。我用我的语言回答，你们又笑我。

想你啊，又不知道怎么说，只好去南地捉蚂蚱去了。

别试图考验我，有这想法就证明你比我先卑鄙了。

一个爱做包子的女人无论如何也坏不到哪里去。

成为情圣的条件是：没有目的地爱一个人。

有那么多的……为了我

　　有那么多的车等着我，有那么多的路为我铺好，有那么大的天空只为让我喊上两嗓子，那么多的氧气层从天上铺到地下怕我委屈，有那么多的绿色让我养眼，星星月亮做着各种各样的组合只为我偶尔抬头看他们一眼，许多土地为了我的脚而潮湿软绵，许多许多小草为了不让我走路时脚太累而匍匐在地上。

　　有那么多的枝叶摆好姿态等着我的光顾，有那么多的小路弯曲成诗意，有那么多的小鸟将歌声编织成网组成绿荫等待我检阅，有那么多的房子等着我，有那么多的木凳长椅等着我坐，有那么多的草莓饱满地等我品尝，有那么多的衣服等着我穿，有那么多蚕给我作丝，有那么多纤纤细手给我织着围巾，阿迪达斯每年都在为我推出新款，香奈尔别出心裁只为我喜欢的人更有型，许多许多人为博我一笑费尽心机，有那么多的美人在路上，仅仅只为让我养眼，还有那么一个可爱的人，正被她父母宝贝般呵护着，她读书只为见了我时可以姿态优雅地和我说话，她吃饭只为了长大可以快快地见我，她骄傲地拒绝着身边的男人只为了可以见到我，她恋爱也只是为了做恋爱练习，她谦逊地尊重一个个智慧的长辈其实只为了可以和我的灵魂对话，她今天吃饭是为了把自己养得健健康康，她今天吃水果是为见我时她的脸庞可以像苹果一样红润，她勤擦拭只为见我时可以遍体流香，她向着窗外遐想只为见到我时看我的目光有神，她穿衣服不是为了御寒，是为了她躺到我床上时，她可以像剥了皮的葱一样细白娇嫩……

这样的奇迹都发生了，你该来了吧

亲爱的，今天做的这个菜好吃极了，你还没有端来，我就远远地闻到妙曼浸香挠骨抓心的葱花爆天鹅味。放到嘴里一尝，又尝到了阿拉斯加深海鲤鱼味。太美妙了。

对不起，亲爱的，我忘了放菠菜了，如果再放菠菜，就会有很好的绿色流浪味道。

啊，亲爱的你客气了，这个不怨你，你已经放鸡蛋了。一放鸡蛋，那种太阳落山众鸟还家的味道就有了。这种味道已经把绿色流浪的味道冲淡了，再放菠菜也是白放。

如果放点橘黄金红南瓜花呢？家的味道是不是更浓一点？

对，再放点含羞带嗔辣椒丝，味道就更好了。

再放点雪泥鸿爪茄子粉？

行，干脆再放点一碧如澄旱黄瓜吧。

好。

好。

这时，我才可以拿起筷子。

这是我的必修课，每当爱人将饭端上来，我就要绞尽脑汁、千方百计、务求意外、脱俗地夸我的爱人饭做得好吃，否则，她就不高兴。试想，哪个男人会让他爱的人不高兴呢？况且在我们家有一个规矩，不管谁做饭，吃饭的人一定要说好吃。不仅要说好吃，而且要夸，而且要——每天不重样地夸。为此我已经翻烂了三本字典了。我从最初夸我爱人烧的胡萝卜有羊肉味，煮的鸡蛋有太阳味、煮的绿豆汤有温暖的面香夹杂着中秋月光浸凉的爽味，到现在夸她烧的白薯有北极熊味，调的黄瓜有黄土高原白杨树的爽劲和干脆，烧的南瓜汤有加拿大枫叶弥漫香甜的味道。说实话，对我能否继续这样夸下去，我有点信心不足。

我的爱人还蛮有理由，她常慈祥地对我说，谁让你是个童话作家呢？如果你对最爱的人都不会说最美的语言，你干脆别写童话了，咱养猪也可以生活。

她还有理。

啊，我介绍一下，我叫林一苇，我是个童话作家，我住在一个叫兰阳的地方，我们家有30间房，你别眼红，我们家人多，我有五个儿子两个女儿。家里有50亩地。地里飞着的是蝴蝶、走着的是鸡、躺着的是猪。

如果刨去爱人天天逼着我夸她不算，其实我还是蛮幸福的。我每天大致11点起床，爱人说起得太早了走路脚凉，在我们家，俺一切都听爱人的，除了做爱。我起床了，爱人将饭也做好了。我刷牙、洗脸、吃饭。如果爱人做的饭好吃，我会吃多（有时候爱人看我累也会故意让我吃多）。吃多了，我就想睡觉。于是，我就拿一本书躺在床上看，这个办法特别管用，一会儿，我就又睡着了。再醒来就3点多了。可是3点多钟天实在是太热，我想再睡一会儿，等天凉了再写字，再说，还有晚上呢，夜深人静不是更好写东西么，于是我继续睡。等再睡醒，就晚上5点多了，又该吃饭了。

这样的生活让我经常感到很内疚，爱人端来的饭也不想吃。我故意不夸爱人做的饭好吃，试图这样可以不吃饭。可是我老婆是个多么聪慧的女子啊，这个时候她就不和我计较夸不夸了，反而语重心长教导我："林一苇啊，你看你也不太爱看书、不太爱看报、不太爱锻炼、不太爱热闹、不太好朋、不太好友、你唯一的爱好就是吃。你要是不多吃，不夸我做菜做得好吃，你怎么可以进行语言训练呢？你怎么可以驾驭生鲜活泼的语言呢？"爱人的话让我又激动又内疚，于是我仔细端详她做的菜，仔细揣摩爱人身上的烟火味、女人味、奶味、慈祥味、孤独味、情人味、青草味、我们认识第一天的从天而降味、我们相处这么多年的习惯味、她额头上的皱纹味，于是，我看着我亲爱的爱人和亲爱的菜，写下了对爱人真挚的赞美：

我的爱人烧的南瓜汤有彩虹满天的味道，那种景象让我

亲爱的亲爱：这样的奇迹都发生了，你该来了吧

想起爱人走下花轿拂起红色的流苏。

那些春色是愿意听从爱人的调遣的，我咬开包子皮，看到那些韭菜打个热腾腾的哈欠，问我道：春天好！

"你真好吃！"我问面条，"你是从哪里来的呀？"面条说："你别问我从哪里来。你应该问问你爱人做面条的汗从哪里来的，慈祥的眼神从哪里来的，欢欣的面容从哪里来的，细密的关心从哪里来的？"

我晕倒！

就这样，在害羞中，我天天对着爱人练习语言。用爱人荤、素、水、陆、天上、地下的美食启迪我的童话，又将童话作为礼物，呈奉于爱人的枕边。我的职业是吃货和童话作家，作为吃货，我爱人是满意的。作为童话作家，我是满意的。

亲爱的，我有些想你了。你知道我一直在等待你。我有耐心，可是时间没有耐心。我猜想你爸妈也没有耐心。你现在一个人过多苦啊，没有人给你买衣服，没有人请你喝咖啡，没有人陪你看山看海，没有人给你讲童话，你太苦了。昨天，我坐在兰阳湖边，我问鱼，我爱的那个女人什么时候来呀？鱼不说话，一会儿，我的红碗里落一条红鱼，我的白碗里落一条白鱼，我的黄碗里落一条黄鱼，我的黑碗里落一条黑鱼，我的盘子里落满了珍珠，那些珍珠一粒粒落下来，摞着不坠……哈哈。

你看，这样的奇迹都发生了，你该来了吧。

2007年7月23日凌晨3时

我家的院子里，有1803棵枫树

之一

我家的院子里，有1803棵枫树。

这个数字是我随口说出的，说给谁？说给我的爱人。现在，我在做梦。我通过给她讲述这个梦，迷惑她，让她产生兴趣，让她眼光惊喜，让她发春，让她不自觉地喜欢又崇拜我，让她自觉地把手放在我手上，我用嘴哈一下她的小手，牵着她来到我家。

咱们家的院子里，有1803棵枫树。

随口给爱人说出了这个数字后，我就笑了。我不信这个数字。我从家门口开始，往前查，一棵、两棵、三棵……树有101行，查到第100棵，前面还有一望的距离。

那么，回头吧。

有些不甘心。

便坐在地上，仰着头，看一棵一棵树。

一棵一棵枫树像兔子一样，闪过、奔跑，我的目光走多快，他们就跑多快。我就像被困在八卦阵里，而这个八卦阵分明又是温柔让我安稳的，我用眼睛逃，身子却不愿意走，眼睛逃得让树叶捉住，便调皮地一个树叶一个树叶翻，翻什么，翻光亮，一刹那光亮和目光对接了，我感到了让我一闭眼的白，记住的却是鲜艳的红。

呀，枫叶红了。

枫叶红得像凤冠霞帔，穿在高挑的、温柔的、丰姿优雅的、青春活泼的枫树上，像我新婚的爱人。

婚礼已过，祝贺的人流已走，我依然感念在幸福中，蹲在我的爱人的脚下，倾诉我的感恩与陶醉。

爱人，你不拉我，我就不起！

之二

房子是我给爱人盖的，这是一句废话，没有爱人，房子叫水泥和砖头。我把爱人牵到一面砖头和水泥墙前，这个砖头和水泥墙就成了房子，我的爱人由女孩子变成了一个家，我叫她"林一苇的家"。

爱人，水泥和砖头太生硬，你一边晾汗去，我来装修一下。

你一直说我复杂，你想知道我读了什么书，现在，好了。

我用唐诗的格律给咱们的墙区划；把宋词切成一个一个瓷片随意贴在墙上；以诗经为裙裾，给墙做裙；以传奇做窗棂；把元曲长短杂穿成一串串风铃；把我仰望你等待你的一天一天种成一盆一盆花，那些可都是向上开放的花朵；再挑选我心形的情人节邮票代表我焦虑、忧郁、愤怒、伤感、彷徨、渴盼、忠诚、坚定、诚挚的心情，你知道的——多少心都是一颗心！

把这些邮票一个一个贴到墙上，从门槛上的第一块砖贴起，一个一个贴，现在我有26万枚邮票，就这么门槛、走廊、客厅、书房、洗手间、卧室、阳台、客厅、厨房、浴室、客厅、阳台……一直贴完。

三年前我已经为这个创意激动不已，有了你，我的这个创意才能实现，我给这个创意起名叫"深入爱"。

房子里面，就贴我这些年来关于那些爱情的手稿吧。

把我二十年来的爱情手稿扫描，不做任何排版，喷涂到白莲般的丝绸上，我以丝绸般温暖的心情，一片一片贴到墙上。

当我们高兴了，当我们难过了，当我们老了，我们就对着墙，寻找二十年前的爱的心情。

哦，爱人，房子装修好了。我牵着爱人的手，从外到里，从里到外。

我一抬头，突然发现，顶棚没有装修，岂止没有装修，我只记得给爱人砌隔风挡寒的墙了，居然忘了给房子封顶！

亲爱的亲爱：我家的院子里，有 1803 棵枫树那么，那么爱人，从今后，让我们关上门，倚着墙，手牵手坐下，数星星好吗？

有爱情。

不冷。

之三

我的爱人，那些贺喜的脚步声已经远去。我轻叩门扉，听他们的脚尖奔他们的幸福而去，却看到门槛里落下珍珠般的祝福声。这些爱的礼物，让今天的夜晚分外温馨。

红红的蜡烛喜悦地跳着，一千只珍珠的灯光把院子照得雪亮，黑夜恰到好处地包围到院墙前。风轻轻吹着，小声翻动地下的秘密，一地的玫瑰花瓣因沾了你玉脚的芳泽，仍然不肯离去，风吹一下，它们就动一下，我听到它们拥挤的声音和红色的恳求。

此刻我仍然深陷在玫瑰里，我偷偷地把手掌一次一次伸开合起。这只握过无数珍宝的手，今天才明白该握住什么，当我将五个指尖插入你的五个指缝，我突然惊喜并懂得了一句话：这奇妙的手，分明是握着箴言而来！

我的心依然在狂跳，我的右手紧握着我的左手。你幸福的君临让我仍然如坠梦中，我只有一次一次地回忆牵着你的手，踏过玫瑰花的情景：风轻轻吹着，你白色的裙裾伞一样打开，你香嫩的脚丫白兔一样跳跃在玫瑰花瓣上，那些艳丽多汁的玫瑰花瓣，因了你的香脚的君临，流出感动的汁液。

你轻轻走过，如荷叶轻行水上。

这生动的玫瑰，是经过我虔诚的手，一片一片铺满院子，隔墙有很多头伸过来要帮我，我说，不，我要用我的玫瑰迎接我的新娘。我的指尖一直生疼，而我的心一直在喜悦。

我的爱人，此刻我是多么明白我站在怎样幸福的路上：新房的灯亮着，红红的窗纸洇起胭红的光芒，你的头像剪影一般投射到窗纸上，我知道如果我走过去，我会从你的脸颊亲起，亲你梗直的鼻子，亲你柔软的眼窝，轻轻刷过你白皙的耳根、脖颈，用牙齿轻轻咬住你肉肉的下唇，牵着你走，我知道目的地多么美丽——婚床上洒满了粉红的玫瑰，浴室里铺满了橘红的玫瑰，沙发上铺满了桃红的玫瑰。

亲爱的，我就要走向你了，我的心在狂跳，我的手，握着玫瑰的箴言。

2006年11月14日

胡萝卜的三种吃法

胡萝卜俗称红萝卜，富含胡萝卜素、维生素C，更重要的是，它还含水。含水，这太重要了，这代表着它是尊贵的、生动的、鲜活和干净的。譬如你可以说奔哥是胡萝卜，大眼贼是胡萝卜，燃尽指尖是胡萝卜，江南雪儿是胡萝卜，小狗迷糊是胡萝卜，但是你不能说林一苇是胡萝卜。林一苇是破败的人，你只可以说他是破絮，他不配胡萝卜这清灵灵的称号。

胡萝卜富含水。它含的水晶莹甜蜜，它含的水坚定而怜悯——不溶于土、杂质、一切的外在。而水，水就是爱啊。你知道吗，一个垂死的人，你吻他一下，你的润唇上的一点水，就可以让他苏醒；年轻人亲吻时，嘴里就会分泌水；水还可以洗脸，刷牙，爱刷牙的人一般不骂人；水可以洗袜子，纯洁的孩子穿的鞋子可以脏，但是袜子总是很干净。

胡萝卜的第一种吃法：胡萝卜搅搅蜜。

取胡萝卜5支，洗净。双手在手心里轻搓十次（有时间可以多搓，100次、1000次……次数越多越好），搓萝卜时要满含喜悦、怜爱、甜蜜。

将轻搓过的萝卜放到案板上，用刀切成五厘米见方的小段。刀功好的朋友可以切成心型，以追求形态更美。（我一般不用刀。我习惯用牙齿咬萝卜，把萝卜咬成心形、桃形、苹果形、玫瑰花形、萝卜形……）

取水四升，烧开。

将切好的萝卜放到烧开的水中，文火炖40至60分钟，让萝卜熟透。

取蜂蜜一斤，倒入煮熟胡萝卜的锅中。然后用木筷轻轻搅拌，直至将胡萝卜搅成如脂如露如红霞状。

停火。

如果你将此美食献给你的母亲，请加入人参六片（捣碎）。该食物有补气养颜之功效。

如果你将此美食献给你的爱人，请加入雪莲一朵（捣碎）。该食物有滋阴调经之功效。

如果给你自己，那就太奢侈了。

胡萝卜的第二种吃法：红润加盐。

邀情人一个。（认真看此五个字，暂时不要往下看，想想邀请谁，闭目半分钟。如果你脑子里出现两个人的名字，那么这道菜你可以不吃了。你不配吃这道菜。）若没有情人，可邀闺中密友或圈中死党一个。

取7寸大盘一个，细碟一个，精盐50克。

去超市购得新鲜胡萝卜4支。

和情人一起去星巴克或者麦当劳，找一醒目位置坐下，请情人摆开盘子碟子，自己去洗手间将胡萝卜洗净。将洗净的胡萝卜摆放到盘子里，将盐放到碟子里。

两人坐好，深呼吸，互相谦让一下，喊声开吃：

吃一口萝卜，蘸一下盐。

（注意：吃时作旁若无人状。）

胡萝卜的第三种吃法：秀丽的忧伤。

在月圆之夜或者朝露之晨，沿着伸向远方的小路远行（一定要是伸向远方的小路，如果小路绕了个弯又到了你的家，那你干脆别走了）。不进思念之苦，不作风月之思，不牵挂工资和米面，不想母亲的皱纹和父亲的苦笑。以小路自由伸展的方式扩开你的焦虑，以清风坦然无惧的胸怀融入草木和大地。仰头（这时你的头还是头吗？），仰头，在月夜和朝露的化境中，让身子消失，让灵魂以绿叶的形式浮于空中……

这时你可以背一首古代著名诗人林森的诗——

> 远望南天南在南
>
> 近是浅绿远是蓝
>
> 近把绿色戴头上
>
> 远在遐思蔚想间

这时你看到一片胡萝卜地。

胡萝卜绿色的缨子伞梗一样优美地举起，青春的筋骨历历如春，薄而脆的叶片楚楚可爱，恰如附了聊斋故事里倩女的幽魂。缨子下面的萝卜绿色的头皮青苍而多皱，告诉你它苦难而又多汁的生长，告诉你生于污泥但鲜冷冷活着的生动。你不能往下看了，再往下看，是羞涩多汁的鲜红。

这时你突然忧伤起来。你想起了什么？想起了深埋于心如岩浆深埋于地心般的爱情？想起了一个萝卜一个坑的命运的无奈？想起了黑暗中你紧靠大地潮湿的希望与喜悦？想起了春风唤起爱情又远离爱情的蹉跎悲伤？

想起了你红润的、生动的、鲜嫩的从不自弃但不得不自弃的身体……

你不由得走进萝卜地，坐下来，望着远方近的浅绿和远的深蓝，无意识地拔起萝卜，顺手在裤子上一擦，塞进嘴里……

你大口大口地嚼。萝卜浓的汁顺着嘴巴流下来，红的，一滴一滴滴到你白色的T恤上。

你一根一根接着吃。

一群兔子围上来，看着你，凝然不动。它们想："我们一直流浪于生存和爱情，难道人类也有像我们一样忠于爱情的？"

你依然那么坐着，无神地望着远方。你机械地拔了一根又一根萝卜，塞进嘴里。有时擦泥，有时不擦泥；有时吃了萝卜缨子，有时不吃萝卜缨子。

兔子们向你鞠了一个躬，哭着走了。

你吃着萝卜，眼中浮起泪水。你的眼中飞扬起萝卜、西红柿、柿子、草莓、玫瑰、苹果等等许多红得凄艳的色彩……

你突然想到一句话：吃不吃萝卜不是问题，我不知道爱情怎样把我杀死……

2006年7月3日

等 待 一 场 大 雪

1月1日：等待一场大雪，和她踏雪寻梅。

2月1日：等待春风吹来，看垂柳的样子给她剪头。

3月1日：等待一场小雨，给她种下桃红。

4月1日：等待小麦拔尖，给她蒸新麦面包。

5月1日：等待一场暴雨，给她在树下唱歌。

6月1日：等待河流涨水，载她划船海边。

7月1日：等待西瓜熟了，给她冰箱中冰冻西瓜。

8月1日：等待苹果花开，给她织一个花冠。

9月1日：等待石榴成熟，和她在石榴籽上做爱。

10月1日：等待草原变黄，和她在夕阳的草原中消失。

11月1日：等待西北风刮起，给她在专卖店买两手提不动的衣服。

12月1日：等待新年到来，对她许一个愿望。

把女人惯成神

在加拿大要低头拥抱大西洋的地方，有一个小岛叫爱德华王子岛。爱德华王子你知道吧？就是那个要美人不要江山的男人。岛以他的名字命名，分明沾了仙气，连小岛也慈悲起来，格外地涵养和怜护起爱来。

在爱德华王子岛，你听一个人如何称呼他的爱人，就知道这个女人在他男人心中的地位。

"小女孩"。这是初级的称呼。这个称呼含有疼爱、喜欢、欣赏，对她的闹、好动、多事又有点无可奈何的意思。

"宝宝"。这个称呼证明你的男人已经全部接受你——包括你的缺点。他已经喜欢和享受你的特性，珍爱你、呵护你、满心地装着你，把你融入他的生命了。

"神"或者"神啊"。两种称呼同一个意思。爱不够，把爱娶回家，娶回家还不够，和她过一辈子，过一辈子还不够，使劲爱她，使劲疼她，使劲宠她，使劲惯她，就把她供起来，把她当作"神"。不但你自己把她当作神，而且，你要让她也把自己当作神。

　　当这样称呼一个女人时，证明男人已经习惯聆听女人的音容笑貌、悲欢欣喜、生命律动，怀着彻底的喜爱、敬重，匍匐在爱和幸福的脚下了。

　　走在爱德华王子岛的街道上，如果你听到篱笆后有人喊："我的神啊，我已经把院子里的露珠扫落了，你起床吧。"这时你看到橐橐橐地跑来一个又胖又矮，又老又丑，拧着屁股迈着小碎步的女人，你千万不要笑。那是人家的"神"，这个"神"只和爱有关，和美丑无关。

　　在爱德华王子岛，有一条贯穿全岛的南北公路，公路的零公里处，有一个巨大的广告牌，上面写着："把女人惯成神"。

给我养个酒窝吧

一个男孩子爱上了一个女孩子，男孩子很爱很爱女孩子。女孩子呢，不知道。

女孩子也许爱男孩子，男孩子也许知道，也许不知道，这有什么关系呢，爱是一个人的事情，只和自己有关。男孩子只想要自己知道：他爱一个女孩子，十分爱，十分十分得爱，爱极了，到一说出来，太阳就把天上的帘子拉上，把所有的云彩拧干，给他擦眼泪。

有一天，男孩子要走了。

为什么走，不知道。

一定有原因啊。男孩子不说，我也不知道，也没法告诉你。

男孩子走，女孩子送，送了一程又一程。男孩子说，你该回去了。

女孩子说，那好，我回去了。咱们认识这么长时间了，我想，我该为你做点什么。请问，我能为你做什么呢？

男孩说：给我养个酒窝吧。

那条为爱情当掉的棉裤

　　哈尼小学在加拿大魁北克省哈尼镇。这座学校有在校生两百多人，小学的建筑是镇里最美丽的建筑，学校很大，有点走不到边的感觉。学校绿树掩映、歌声喧沸，如走进水彩画中，可是你猛一抬头，见学校大楼前的旗杆上飘着一个黑黑长长的东西，哈，还有两条腿！是一条棉裤么？哈哈，你猜对了。是的，是一条棉裤。准确点说，是芦苇林先生的棉裤，它是哈尼小学的校旗。

　　哈尼小学是一个叫芦苇林的人创办的。他创办这个小学的目的，就是让孩子们学会爱。旗帜般飘着的这条棉裤，就是他当年为爱情当掉的一条棉裤。这条棉裤，如今成了这所学校的风景。

　　1912年，芦苇林在一所大学读书，他爱上了班里的一位同学。他是看到她的第一眼就爱上她的，换一种说法，她的形象是他在心中酝酿18年的。啊，那年芦苇林18岁，在他走进大学校门的第一天，他遇到了她，遇到了爱。

芦苇林是多么幸福啊，在这个世界上真的有一个人可以让他爱。他敬畏和感恩这世界，他感恩太阳、月亮、风、树、水，一切的一切。感恩女孩子的父母老师、爷爷奶奶、爷爷奶奶的爷爷奶奶。他怀着感恩的心情努力学习，期望用自己的知识换来财富，让他的爱人幸福。他在心里对自己说，好好爱她，好好珍惜她的出现。"我是为她而存在的，我要为她的幸福而奋斗。如果我不能让她幸福，我的爱字就永远说不出口。"

四年过去了，芦苇林小心呵护着他的爱。他学习很好，一直是年级最优秀的。他一直没有告诉她他爱她，哦，他说了，但他是用行动表示的。他曾经在一棵树下种下她的名字，也曾经在一个黑夜在一条小路上写下999个"我爱你"。他曾经在教室里她的书桌抽屉中放过一点钱。

这些，只有神知道。

转眼就要大学毕业了，她出落得越发美丽了，芦苇林也越发珍爱她了。她眼影应该用兰蔻的吧，她的莲藕一样的手腕戴宝诗龙十分优雅，她的外套应该是香奈儿的，她的红唇喝库克香槟很合适，百达翡丽的腕表很适合她，娇兰香水很能显示她的华贵和美艳，她应该在年轻美丽时有一辆自己的车，不能像其他女人一样，年轻时没有钱，有钱享受时却老了。我该给她买一辆什么轿车呢，是奔驰还是劳斯莱斯幻影？芦苇林掰着手指头认真地盘算着未来的生活，突然间，他的心抽了一下，他的心疼了，钱啊，我什么时候才能够挣到这些钱？在经过了无数天的思考之后，他决定放弃这段感情。

离校的前一天，芦苇林卖了身上所有的东西：手表、收音机、自行车、刚刚买的一件新上衣、姐姐织的围巾。他打听好了，市里有一个叫Dire的餐厅最豪华，去那里吃饭只要3000加元就行。他把钱仔细数一数，天啊，还差20加元，怎么办？他可是没有一件多余的东西可以卖了。如果在平时他可以借同学的钱，但现在就要毕业了，他哪好意思向同学张口。他着急地走来走去，不知道如何是好。

我身上还有什么？我身上还有什么？他一遍遍地念叨着一边转着圈瞅着地板。忽然，他的眼睛亮了，他看到了身上的棉裤，这是他刚买不久的棉裤，还是新的，也许，能换几个钱。

他跑到楼下，楼下住着他的学弟学妹们。他敲开一扇门，问有没有人需要一条棉裤，他急需钱，他的学弟们对他露出奇怪的表情。直到他敲到第七扇门，他卖出了他的棉裤，他卖了30加元。

那天，芦苇林带着他喜欢的女生去Dire吃了分手晚餐。Dire餐厅真的十分温馨美丽，那天的晚餐十分美好，他的她十分高兴，芦苇林也十分高兴。

芦苇林是穿着一条单裤去的，那天夜里的温度是零下27度。

付了账，他手里还剩下10加元。

"嗨，等一下。"看着走了十几米远的她，芦苇林喊了一声，他转身跑回到饭店，又用10元给她买了一个蛋挞。

"你的早点。"他说。

芦苇林就这样离开了他心爱的女人。他穿着一条单裤在零下27度的街上走，他住哪里去，他会忘记他心上的人吗？他想忘记她，但是爱终于没能让他忘记。当他终于明白他不能忘记她后，他更加发奋努力了。又过了四年，芦苇林成了百万富翁，他把他的爱娶回了家。他赎回了裤子，又盖了一个小学。

在讨论校旗的时候，他力争把当年当出去的棉裤当作校旗。

"我办学校的目的，是告诉从这里走出的男人们如何爱女人。"他说，"所以，我坚持用那条棉裤做校旗。男人们看到他就会知道，你还有多少东西没有献给你爱的女人。也提醒自己：你离真正的爱有多远。"

2007年11月26日

把蝴蝶送到兰阳去，把小笼包送到上海

在我喜悦的年龄，我遇到了一个喜悦的人。有一段时间，我看到什么美丽的东西都想"买"下来，献给那个让我喜悦的人。看到一个花园，我就想，如果买下来献给亲爱的她多好啊，我把它做成爱情城堡，收藏很多很多滴露的玫瑰。看到一朵白云，我就想，有机会用彩带系住吊在俺家的大院多好啊。看到一个绿树掩映的小楼，我就想，有一天买下它献给俺家的豆豆，她的白让斑驳的阳光和绿叶映在脸上才是一种特别的味道。看到一个游乐园，就想，赶紧买下来当作俺家的后花园，我使个计谋把高高在上的她骗到高高在上的摩天轮上，直到她喊一百句我爱你我才让她下来。去了一次中友百货，就想，如果这是我献给俺亲爱的亲爱的衣橱该有多好啊。飞机飞过太平洋，我又想，我愿意买下它作为我们家后花园的游泳池，让我们家亲爱的亲爱穿着白色的泳衣在蓝色的水里游泳……

我实在是一个不善于交际的人，就干脆说吧，我就是不适合活在当下的人，一提到礼尚往来，我的嘴就会往上一咧，嘿嘿两声自嘲，两个风霜的小脸蛋骤红，脊背发潮。像我这么不懂事的人这个世界上还有吗？至少有十个人这么问我了。要说我也不笨，智商还是有90的，有样学样我还会，不少朋友说我好友重义，但一遇到"礼"的事情怎么就那么白脖（方言，形容对事物一窍不通）呢？

我喜欢以自己的方式表达自己，在美丽的时刻，在心里涨满喜悦时，我还是会表达自己的：

"把蝴蝶送到兰阳去，把小笼包送到上海。"

不知道我在说什么吧？哈哈，我也不知道，这是我送给朋友的一份礼物。那是不久前的一天，那天，阳光比明媚还要明媚，温暖得比刚刚出炉的面包还要温暖，我睡到该醒的时候醒了，趿拉着鞋到阳台，我一推阳台门，就像被幸福的探照灯一直寻找的人终于找到，我霎时亮堂起来。当然，我还想到我的这种幸福是和另外一个人有关系的，他就是始终温暖我的朋友。于是，我拿起笔，在阳台的小茶几上写下这句话，打了快递公司的电话，在字迹还没有干时送到了他手上。

朋友一直问，林一苇，你给我的话什么意思呀？我说，看过后你笑了吗？他说笑了啊，我说笑了你还问啥？博劳顿的朋友一笑就是我这个笨人此生的愿望。我的意思就是这样啊——把蝴蝶送到兰阳啊，把小笼包送到上海。

朋友告诉我，这是他此生收到的最奇妙的礼物。

比起功名实惠来，我更愿意做一个爱情行为艺术家。别以为做一个爱情行为艺术家容易，错了，那是更需要劳心和劳力的事情。但做一个爱情行为艺术家虽难，那毕竟是单一和美丽的事情，毕竟是自己喜欢，自己愿意。苦难的日子总是多数，有时候阳光唤醒记忆，不经意间想到曾经奉献的那些"礼物"的故事，总是自傲地仰天一笑，当然也会向隅一人地偷乐，那是不屑于和任何人分享的幸福。

刚刚和爱人结婚那些年，我还很穷，一起上街散步时，我在路上看到一个铜钱。我悄悄拾了，偷偷去洗手间洗净，然后，偷偷买一个信封，买个手绢，在手绢上写下：

谨将此铜板献给我亲爱的亲爱余××女士，此铜板可以打制戒指一枚，只见芳香，绝无铜臭，且因余××女士的爱戴而圣洁。在林一苇的爱情面前，一切光辉。

1992年4月16日

这份礼物，成了她永远的珍藏。

有谁没有在青春时候把自己折叠、打包、烙印、封缄、毫无怨尤地寄向爱情吗？如果没有，那真是万分遗憾了。我一直欣慰我的热血、冲动、轻信。回首青春，我总是听到叮叮当当的上当声，但我不悔。我知道有比我更纯粹的人，他们一生都用明媚的心情追寻幽暗的爱情，没有人知道他们，甚至他们爱的人也不知道。你不要笑，爱一个人是需要张扬和让人知道的吗？他们会这样说。这种人就是在新疆叫阿依达的歌者，他们是失恋者，因为失恋而学会歌唱，从此成为一生歌唱爱情的人。白天，他们在集市和乡村里歌唱，晚上他们睡在坟地里——他们认为，那里是比天堂更好的地方！

他们就是随时把自己打包，作为爱的礼物随时奉献了自己的人。

一说礼物就是喋喋不休的爱情，难道没有爱情就没有世界了吗？真的是见笑大方之家。其实，我更喜欢朋友之间会心惬意的小小礼物，那种礼物来自思念时的一闪念，见心见性。没有爱情礼物的用心，也没有那种重得受不起。我送给过一个姐姐一版邮票，那是我至今想来幸福的礼物。我喜欢姐姐，很敬爱她，要大学毕业了，我一直不知道要送她什么，最后，我送了她一版邮票。我把邮票装到信封里，脸红地还写了下面几个字：

我会一直想姐姐，毕业后要多给我写信啊姐姐。我把邮票给你买好了。这些邮票除了给我用，不要给别人用。一定！

那是一版8分的长城邮票，至今想起来，就会有蜿蜒的幸福和温暖升腾，遒劲而且有力。

我的爱、我的沉默、我的炒茄子

【一】

我不知道别人是如何表达感情的，如何表达坚定、执着、真挚和唯一。但是人们所能见到的，所能想到的，所能做到的，我都不会去做！我已经习惯了沉默，习惯了微笑，习惯了把她装在心里祝福与欣赏的日子。其实我又错了，我又说了，但是能看到我的文字的朋友，你知道我在说谁？你又知道我是谁？而如果你知道了我是谁，知道了她是谁，我也会矢口否认，因为那样我就失却了另一种幸福。我不想让别人认为我在表达，不想让人感到我失恋了或者我在忍耐，不，我在幸福中！除了幸福外，我什么都不想说，什么都不愿表达。现在，我坐在窗前，窗外阳光明媚，市井的声音纷纭而分明，我独自坐在自己的房间里，我的爱，我的沉默，我的平和，都给我一种氛围，这是多么好的氛围呀！

【二】

那一天，我敲她的门。

那一天，我敲着她的门说，爱人，请你打开门。

我说，你打开门，我只说一句话。

那一天，我站在门前，我说，亲爱的人儿，请你原谅我。

那一天，我说了很多话，我对着门哭泣、诉说。楼下有不断的脚步声，我不知道如何是好。

那一天，后来我才知道，屋子是空的，里面没有一个人。

【三】

茄子要炒得好吃，一定要先收一下水。你把茄子洗净，薄薄地片成片，细细地切成丝，然后，在热锅里干炒三五分钟，然后，把茄丝倒到一个盘子里，然后，清炒或是荤烧，就是你的事了。

炒茄子最忌讳的是一盘茄子半盘油油的水！

【四】

很多时候，你根本不知道的。

是经历，是水到渠成，是车到山前。不，我不是说车到山前必有路！其实，没有路，但是，你却一定要过去。

我说的你明白吗？你不明白，但我明白。我明白当我深切地追求过，爱过，死过，活过，我苦苦地追求和痴痴地恋会在我坚强的等待后，忽然有一个结果！这个结果，是那样令我惊喜，令我幸福，令我满足而心安理得！而且，这个结果并不是我的初衷。

或许，你不是这样的感觉，但我是。

我是。

【五】

有多少次，我想写信；我想说，亲爱的，我多么爱你。

有多少次，我想寄给你一个东西，一个你想象不到，绝对出乎你意料的东西（朋友们愿意猜一猜吗，你肯定猜不中）。

有多少次，我想向你说一句话，一句莫名其妙的话。

但我笑一笑，把念头止住了。

止住这个念头是因为我爱你，止住这个念头是因为我不想再烦你，止住了这个念头因为时间与距离，止住了这个念头因为我不知道此刻你有没有我这么良好的心态和阳光般的格调，止住了这个念头还因为我一直以来沉浸于不语的美好。

不语。

我是我自己，所以，不语。

不语，无法语。

【六】

千纸鹤有很多种叠法。

我叠的千纸鹤共有十三个折。一张普通的纸，十三次折叠后，在我手中，恋恋不舍。

只要我想起你，只要是我烦了，不！或者说我高兴了，我就会随手拿起一张纸，叠一只千纸鹤给你或者自己。在纸张铺展的过程中，在纸张折叠的过程中，我的心就平静了，美好的感受就慢慢弥漫了。千纸鹤给了我这样的感受：最初我因为思念与祝福而叠，因为烦恼和痛苦而叠，现在，因为美好而叠，或者，不叠。

不叠的时候，是我心情最好的时候。

有时忽然发现有好长时间没有叠千纸鹤了，我会高兴，我又过了多么长无忧无虑的日子，我多么幸福啊！

【七】

松树对远方的爱人说：我有一千种爱情的姿势证明我爱你！

我说，我只有一种姿势表达爱。不！连一种姿势也没有，而且，我也不知道表达什么！

静夜，思

　　就是这种心仪的祈盼。那种劳顿的、忧郁的、矫情的、夸张的、逶迤的、浮躁的、彬彬有礼的——充塞。远了。

　　天庭的灯灭了。一粒棋子从手指漏下，弹跳在沙发下。不要灯光，也不想做梦，就是这种心仪的祈盼。

　　就是这种喜悦：静的、醒的、袒露的、可丈量感受的，愿意闭上眼睛静静潜入的。

　　像甲壳虫翻个身落进蕊，像卵从鱼腹中落入浅水，像蝶从花丛飞向花丛。像恋人的唇从额头滑向耳根……

玫瑰，关于玫瑰

　　根据希腊传说，玫瑰是从垂死的美少年阿多尼斯的鲜血中生长出来的。因为阿多尼斯是爱与美的女神阿艾洛狄特爱恋的对象，所以，玫瑰成了爱神的象征。

　　罗马神话中，丘比特用一朵玫瑰贿赂沉默之神，从而阻止了关于维纳斯不忠于丈夫的种种流言蜚语的流传。因此，玫瑰又表示沉默和保密。

　　白玫瑰代表清白、纯洁、童贞。圣母玛利亚也被称为"天堂的玫瑰"。圣母画像中常出现红白两种玫瑰，白色玫瑰代表她的纯洁和谦逊，白色玫瑰代表她的仁爱。

玫瑰，特别是红玫瑰在古罗马是君王权威的象征。那时，每当君王巡游城邦，妇女们都要在君王经过的街道上铺撒玫瑰花瓣。

玫瑰花瓣在古希腊意味着破碎和颓废之美。

文艺复兴时期的油画中，复繁奢华娇艳的玫瑰，以及用玫瑰装饰少女的图案，表示出生命的旺盛，生命的虚幻，以及爱与肉欲带来的痛苦。

古代一个叫博浪沙的地方，男人向女人求爱的方式是做一份百合花炒玫瑰，女人向男人求爱的方式是做一份玫瑰花炒百合。这不是次序上的颠倒，他们认为，如果心诚，男人和女人炒出来的结果是不一样的，男人炒出来的菜里会没有了百合花，女人炒出来的菜里会没有玫瑰花。

古代一个叫鸿沟的地方，男人是这样求爱的：当男人向女人求婚时，男人会被要求在脸上贴一片玫瑰花，让女人用缝衣针扎。如果扎出了血，人们会认为男人心不诚，男人会被女人拒绝并被全族人唾弃。

春秋时期的宋国人结婚时，会在屋子上、墙上、院子里、所有能贴东西的地方贴上玫瑰花瓣。结婚后的前三天，新郎新娘不能说话，谁要说话，要先吃一片玫瑰花再开口。

土耳其一个叫卡尔卡拉的村庄，男人向女人求爱前，要每天采一朵玫瑰花，在玫瑰花上写上姑娘的名字，然后吃下。这其实并不难，难的是他每天只能采一朵，而且要在离家里最远的地方采一朵才算真心。所以，这个村庄早晨山野里净是男人，许多人千辛万苦刚刚采一朵玫瑰，发现更远的地方有一朵，只好丢下这朵另采。男人要这样采三年，吃三年，才可以向心爱的女人表白。

《林子家训》是商朝宰相比干（林姓祖先）所著。书中有这样一个要求：凡是林氏男丁结婚，结婚前要找一个没有人的地方，光屁股坐在玫瑰枝中，坐一个小时，而且要面带微笑。此意在类比结婚后怎样面对痛苦。

美国有一花园，花园门口旁的标牌上大书："饿了也不要吃玫瑰！"

《山海经》中记载，睡觉时在腋下夹几片玫瑰，可治疗狐臭。若无狐臭，可使身体遍体生香。

香奈儿5号（CHANEL N° 5）的玫瑰中调已经受了80年的时间考

验，它被称为20世纪"美与性爱之神"玛丽莲·梦露夜里"唯一的着装"。第五大道（5th avenue）也以玫瑰为中调营造别具一格的情调。诗情爱意（Poeme）更以浓郁得化不开的玫瑰调诠释"诗"的主题。

黎明时采几瓣玫瑰花，放到眼睛上，会使你双眼清澈，摆脱倦意，娇艳皮肤，消除皱纹。

玫瑰花放到茶中叫玫瑰花茶。

将馒头掰开，夹一片玫瑰花，吃了，可防止馒头发霉。

如果遵循纯洁和尊贵的血统流传，我们经常看到的"玫瑰"大多不是"玫瑰"。而是月季或者别的什么花朵。玫瑰家族发展到今天已经有20000个品种，这是广义上的。若以纯粹论，已经没有玫瑰了。中国真正懂玫瑰的不超过10个人，包括本文作者，如果说作者林一苇也不算懂玫瑰，那么中国懂玫瑰的不超过3个人。

玫瑰最早没有名字。在远古人眼里叫花；在神话里叫玫瑰；在现代人眼里叫香水；在我眼里叫爱情。

在罗马巫术中有这样的记载：采白玫瑰、粉红玫瑰、红玫瑰、黄玫瑰四种各100朵，撕下花瓣撒到床上，这叫"爱的忧伤与沉迷"。若和爱的人同睡上面，可以唤醒负心人，若单独睡床上，会沉睡而死。

20世纪初，英国人威尔逊将中国的月季引进欧洲，经过杂交培育，丰富了玫瑰家族的品种和花色。现在你看到的玫瑰中，如果是深红色或黄色，你就可以说它有中国月季的基因。

有一种叫"犬蔷薇"的玫瑰，它的果实生吃可以利尿，它根部的皮可以治疗狂犬病。

20000公斤玫瑰才可以提炼1公斤玫瑰精油，提炼精油的玫瑰主要品种是大马士革玫瑰和普罗旺斯玫瑰。这两种玫瑰花朵都极其硕大，花朵艳丽繁华。现在我看到女人用香水，我不见香水，总在瞅女人脸上有没有玫瑰花……

为什么不早告诉我你的存在，
让我这些年傻瓜一样乱爱

　　已经很多天了，起床后我就仰望着天花板发呆。我经常要敲敲头，才知道我是在梦中还是醒着。有时候我就故意大喊一声，半是骄傲半是宣示我的幸福：

　　"豆豆——"我大喊。

　　"哎——"厨房里一个清脆的声音答应着。

　　"干么呢？声音像打狼的一样。"豆豆来到我身边，笑着用手指头摁我的鼻子。

　　"我在想，"我脸一红，不好意思地拉住她的手说，"我在想我是怎么认识你的。"

　　"想它干么呢，我们不是很幸福吗？"

　　"是啊，所以我更想知道幸福的源泉在哪一刻打开的呀？"我仰着头争辩道。

"好吧，你想吧，我做饭去。"

"我做吧。在等你的这些年里，我学了很多种饭的做法。"我站起来。

"还是我先做吧亲爱的。我发觉，我炒的芹菜鸡蛋和泰戈尔的《新月集》有一拼。"她的酒窝洋溢开来。

我抱住她亲一口，眼里突然充满热潮。

……

我是从博客上认识豆豆的。她说是她先找到了我，我说是我先找到了她。这个我们不争。和爱人争来争去有什么意思？我们共同达成了以下的共识：

为了让我们认识，有人投资几个亿给我们搭建了一个相约的平台，新浪。

为了让我们认识，上帝让我犯了那么多错误，每犯一个错误，都让我接近亲爱的豆豆一步。

为了让我们认识，早在我出生以前，国家就铺好了京广铁路，好让我来到北京。他们怕我太蹉跎，怕让豆豆等得太久，又给我们建了机场，买了飞机，催促我完成爱情的约会。

为了检验我们的爱情，上帝故意在我面前放很多女人，在豆豆面前放很多男人，让我们和那些男人和女人们产生各种可能性——但不产生爱情。

我和豆豆心有灵犀地发现了'熬汤理论'：那些爱过我们的、我们爱过的男人和女人们，那些恨过我们、我们恨过的男人和女人们（有我们恨过的人吗？这时豆豆小声地插话，我回答说没有，她托着腮帮子想了半天，也说没有）都是熬我们的柴火，我和豆豆是汤。他们在很多年前就熬我们，以便让我们味道好些。可惜的是他们没有福气，他们把汤快熬好了，却因为种种原因离开了，他们甚至没有机会揭开锅闻一下醇美的味道。现在，我要感恩地美美地喝豆豆这锅汤了，她也要喝林一苇这盆汤了，在喝之前，我们共同的声音是：感谢那些熬煎过我们的男人和女人们。

……

我真诚地感谢。事实上，这些天来，我经常左手握右手，右脚拧左脚，以便判断我是在做梦，还是完成了人间的一个奇迹。现在我想告诉朋友们，我真的完成了，在七天完成了一个爱情的童话。

熟悉的朋友都知道我有一篇童话《光阴的故事》：

大豆丢到地里，七天，成了豆芽。

小麦埋到土里，七天，成了麦苗。

猪肉放上七天，成了臭肉。哦，我们叫它臭肉，是因为如果叫它其他的什么你不明白。

男人认识女人，七天内定终身，叫爱情。七天后，叫交易。就像用一斤大豆换一斤臭肉，臭肉嫌大豆便宜，大豆饶给臭肉半斤豆芽；大豆给过臭肉半斤豆芽后，后悔了，追着臭肉讨价还价，臭肉给了大豆半斤麦苗，并骗大豆说，这是韭菜！

这就是为什么上帝创世纪只用七天，它昭示着我们的爱情。

现在，我给朋友讲我和豆豆的故事。

十一长假归来，我看到一个叫豆豆的人给我的留言。她说，感谢我让她在我的文章中看到了梦，7日，我给豆豆的博客上留言：感恩你的青眼。

8日，豆豆留言请我吃哈根达斯，我的感觉妙极了。从来都是我请女人，很少有女人请过我。今天有女人请我，我要不要在楼下跑一圈？

我害着地接受了邀请。10时，王府井。

9日。出发前再次和豆豆约定时间地点。心里惴惴地问豆豆穿什么衣服，什么特征。她问我，你没有看过我的视频么？我抓狂，嘴里狂叫："那是你的视频？我还以为是外国小美女呢！"因为视频中的女子太美丽了。朋友们都知道，我生来怕美丽女人。豆豆温柔地安慰我："只有心灵的纯净，女人才会有持久的美丽，我也是一般人。再说，美丽不是我的错，但是，不吃哈根达斯愧了一个女孩子就是你的错了。"

我咬了半天牙，决定见她。让我决定见她的理由是：也有许多人说过我长得不丑，很多人喜欢我的大眼睛小酒窝大鼻子小虎牙呢……

9日下午6时，王府井哈根达斯见到了传说中的豆豆。她比视频中的自己漂亮了N多倍。我一握她的手，羞得低下了头。但一抬头，我说了一句让我自己也意想不到的话，我说——

"我爱你，我等你很久了。"

这下，换豆豆羞了，她低下了头。

10日，起床，看到豆豆发来的短信："一苇，我决定嫁给你。"

我回复：

"感恩感恩感恩……但是，我什么都没有啊，你跟着我会受罪的，我一个月只会给你5000块钱，我没有房子也没有车子……对不起，我收回我的话好吗。"

豆豆回复：

"哇，你好有本事耶，林一苇，一个月5000块钱可以买3000瓶矿泉水，2000斤红薯。我提议咱们边吃烤红薯边用矿泉水洗澡！咱用不完怎么办，我用洗澡水和剩红薯做醋你敢吃吗？"

我回复："要有脚趾甲醋才好吃呢。"

"我的脚趾甲盖都染了，行么？"豆豆问。

"那更好啊，那是有机食物加有色食品。"我说。

"小猪，我爱你。我想现在结婚！"我说。

11日。

真的真的没有钱，怎么办呢？

打电话给朋友，打电话给老师，打电话给女儿借。我不好意思地问女儿："宝宝，好像你每年都把压岁钱存起来了，能不能借给我用一下？就一年，我可以给你利息。"

"爸，我还有几双袜子呢，要不要也卖了？你也太会算计了吧。"女儿和我开玩笑说。

我大窘。

下午去买礼服刷卡，看到卡上多了一笔钱，我知道一定是女儿给我的。这是女儿的压岁钱，感动。

这一天超忙。

买婚戒，买礼服。

12日。

借钱说不出口，我打电话说想把一个清代银币押给乐乐妈妈。她听说我为结婚借钱，说，"弟弟你说个数，十万八万姐姐这里有。"我感动地想哭。姐姐无论如何不要我押什么银圆，我说，"姐姐，放这里是个念想。"姐姐不得已接受，悄悄往我包里放高高一沓钱。

感谢嘉德在线的朋友，在没有将我的邮票拍出去之前，他们预付我6万。他们说："遇到一个敢和你七天内结婚的人，一定是个仙人，让我们见证一次伟大的爱情吧。"

13日。打扫庭院。院里撒满玫瑰花瓣，床上，浴盆撒的粉红玫瑰。

14日。结婚。地点：天坛公园小树林。

参加者：爸爸妈妈，袁社长，郭老师，原报社诸同仁，华栋和诸师友，很多阳光，围到脖子里的温存的风，很多很多眨着绿色眼睛惊喜不停的楸树叶。

14日。夜十二点。

北京昌平古长城上。

画外音：我们真的结婚了？

真的。

你说我们能生几个孩子？

一起努力呗，生到不能生为止。

我半年前叫过这个名字

电话之一

你好！

你好！

林一苇吗？

啊，啊啊，你说的名字我好熟悉啊。好像好像，我半年前叫过这个名字。

哈，半年前叫过？你现在不是了吗？

可是可是，我头发长了啊！

头发长了，和你叫不叫林一苇有关系吗？

我又买了三条围巾。

你买了三条围巾和叫不叫林一苇有关系吗？

我的短裤都是纯棉的耶。

你的短裤都是纯棉的和叫不叫林一苇有关系吗？

我认识了一个女孩子，她好好啊。

你认识了一个女孩子和你叫不叫林一苇有关系吗？

她的眼睛好亮啊！

她的眼睛亮不亮和你叫不叫林一苇有关系吗？

你好没有情调啊，我说的这些你没有感动吗？我不理你了，我的头上下雨了。

下雨了？你在外边？

我在家里啊，可是我的头上下雨了。

你们家的房子漏了？

没有啊，一个姐姐抱着我。

一个姐姐抱着你？你的头上下雨了？

嘿嘿！姐姐洗头发了。

姐姐洗头？姐姐是谁？

姐姐是姐姐啊。

姐姐没有名字吗？

有啊，但是姐姐的名字只让我叫，她叫小泥鳅。

小泥鳅？怎么叫这样的名字？

姐姐的身子很滑溜啊。她钻被窝总是哧溜一下……嘿嘿。

亲爱的亲爱：我半年前叫过这个名字

嘿嘿，嘿嘿。姐姐没有正式名字吗？

有啊。但是我怎么可以抱着姐姐喊她的正式名字呢？又不是上班点名。

那我总不能喊她小泥鳅吧？告诉我姐姐叫什么名字。

我问问姐姐。（捂住话筒，仰脸问姐姐）……嘿嘿，姐姐不让我告诉你。

姐姐为什么不让你告诉我？

姐姐亲我了。她亲我时不让我伸舌头，这次我伸舌头了，她要惩罚我，所以她不让我告诉你。

你告诉她，我是老四，你四哥！

好，我问问她（又沉默五分钟）……我问她了，她说不知道四哥是谁。

（气急）她不知道四哥是谁，你不知道吗？！

我听着声音很熟哎，让我想想四哥是谁。

你听声音很熟？你不知道我是谁？你是林一苇吗？！

哈哈。问一圈你又问回去了……嘿嘿。我过去用过这个名字，可是我理发了啊！（啪！电话挂断。）

电话之二

你好！

你好！

你是林一苇吗？

哈哈，你说的名字好熟啊！我过去用过这个名字。

你过去用过这个名字？是啊，我知道你过去用过这个名字，哈哈，我还知道你过去小名叫赖渣儿。上小学时你叫小豆豆，到初中你嫌名字不好听叫林鹏程。你穿着裤衩考上高中，到高中你人模狗样了，你叫林森。你失恋了，你丢人了，你又胡乱翻书叫林一苇，你的眉里有个黑痣，本来是鞋底儿抽的，你非对一个你喜欢的女孩子说那是'眉里藏珠'。你肚脐眼下边有个紫瘊子，你屁股上有……

啊啊啊……你是谁？

我是你妈！

洞房私语

林一苇，你靠什么养活我啊？

我养一只鸽子吧。

养一只太少了，养两只吧？

可是，可是，太累了呀。

那好，养一只吧。

林一苇，一只鸽子就可以养老婆呀？

那我就再养只猪吧。

一只太少了吧？猪也要谈恋爱呀。

那养两只吧。

林一苇，两只猪一只鸽子就可以养老婆呀？

那我种树吧。

种什么树呀？

种梨树、桃树、苹果树、桐树吧。

为什么种桐树呀？

平时听桐树唱歌，你打我时，我爬到树上你够不着。

够不着我会更生气呀。

那我就爬下来撅着屁股让你打。

老婆，我想起了一件事。

什么事呀？

咱们不能吃猪肉。

为什么呀？

因为猪要谈恋爱呀。

那我想吃肉怎么办？

你就唆我的手指头吧。

林一苇，你有什么理想呀？

带着你走遍世界。

那需要很多钱呀。

所以你就大手大脚地花钱逼着我挣钱吧。

我舍不得呀。

老婆，我是皮球，经得起摔打。

老婆，我不写童话了。

为什么呀？

我的童话写得好，太招惹人了。

那你写什么呀？

我在你肚子上写孩子吧。

我怕疼。

多生几个就不疼了。

你以为我是猪啊？

我是猪，你嫁给了猪你说你是什么吧？

老婆，我爱你。

嘘，小声点。星星在偷听我们说话。

抱紧点，抱紧点！

不然，时间就从我们肚子中间溜走了。

2007年11月6日

美 丽 的 人

【一】

从前有一个人，有一天他遇到了另一个人，他说我爱你，于是他爱了她一辈子。

他遇到过牙齿好的人，他遇到过嘴唇好的人，他遇到过眼睛好的人，他遇到过头发好的人，他遇到过声音好的人，他遇到过一切都好的人，但是，他只爱最初他爱的人。

他是一个美丽的人。

【二】

从前有一个人，他爱过很多人，直到他死时，他还没有爱够。

"如果再给我五十年时间，让我找到真爱，那该多好啊！"死前，他说这样一句话。

初恋时，他祈祷，如果其他都是好的，我希望遇到她有一个好鼻子。

他遇到了一个有好鼻子的人。

于是他爱上了她。

可是过了不久，他就不爱她了，因为和他想的太不一样了。

后来他想，如果其他都是好的，我希望她有一双好眼睛。

不久，他遇到了有一双湖水一样深蓝眼睛的人。

于是他爱上了她。

可是不久他就不爱她了。怎么会这样啊？！他委屈又伤心，他坚决不爱她了。

他又分手了。

他爱上过嘴唇很好的人，他爱上过影子很好的人，他爱上过笑容很好的人，他爱上过走路很好的人，他爱上过跳舞很好的人，他爱上过睡觉时很好的人，他爱上过拖地时很好的人，他爱上过讲话时很好的人，他爱上过牙齿很好的人，他爱上过头发很好的人，他爱上过转身很好的人……可是，总是过不了很久，他就不爱她们了。他的爱是真诚的，每一次离开她们他都很痛苦，他的疗伤时间总是很长，但他又是窃喜的，因为他真的知道他需要什么。他的内心比平庸的现实更需要崇高的生活。在平庸的折磨面前，他选择了更痛苦的分手，他带着累累伤痕，寻找他要的爱。

世界上最美丽的事情不是一生只爱一个人，而是他爱上每一个人时，都是真诚的。

他是一个更美丽的人。

【三】

从前有一个人，他总是被人爱，他稀里糊涂地爱过许多人。

他像一只鸭跑到鸡群里，他水淋淋地站在那里，像根葱，味道独特，他从来不装蒜，但总是被人认为装蒜，他很委屈。

也说不上爱吧，仅仅喜欢而已，但这和爱有什么区别呢，况且，他确实想过和她们许多人结婚的，虽然没有结成，但在一闪念中，他是真诚的，而且还很幸福。

他常常想：一个人能坏到哪里去呢？天生的恶人很少，人都是善良的，天然亲近美的，温暖和感恩的，如果真碰到一个大恶人，真是碰到狗屎运了呢。一个人能好到哪里去呢？再善良的人如果永远得不到回报也会心生邪恶，再温暖的人如果你不用微笑回报她也会枯槁，真要遇到一个绝对爱你永远付出不求回报的人，那真是遇到天人了呢，而天人是需用天人对应的，他不是。

所以，他觉得，大部分的女孩子都是可以做他爱人的，只要她是温馨的，会笑的，生动的，知道寒热的，有甜甜乳香的，看到蚂蚁知道绕着走的。

他的身边围着那么多人，他有那么多种可能。

后来，他遇到一个人。

这个人皮肤不白不黑，脸蛋不圆不扁，才华不高不低，品德不贵不贱，扔到人堆里过两遍筛子也捞不出来的，可是，他就是爱她！

他的选择气疯了那些爱他的女人们。

为什么啊为什么啊，有人到他家摔杯子。

为什么啊为什么啊，我也不知道啊，他睁着无辜的眼睛。

为什么啊为什么啊，有人剪着衣服说。

为什么啊为什么啊，我也不知道啊，他点着他无辜的小酒窝。

为什么啊为什么啊，有人到他家砸玻璃。

为什么啊为什么啊，我也不知道啊，他抱着圆胖的大头。

后来，有几个女孩子一起要到他家点火。

眼看火就要起来了，他说，我知道了。

下面是他讲的故事：

宋时，有一个锦衣玉食的贵公子，一天他骑马出游，汴河边，他忽然看到一个女子，就这一眼，他就爱上了她！这个女人是个风尘女子，还瞎了一只眼睛，他立刻跳下马来疾步走近她，把她抱到马上，回到家里，立刻买了一栋别墅，天天陪着她，女人吃饭，他就吃，女人不吃饭，他端着碗，站她身边请她吃。

他的朋友都笑他，一个风尘女子，还瞎了眼，值得这样宠爱她吗？

他说，自从遇到她后，我再看其他女人就觉得怪怪的，漂亮的眼睛有一只就够了，要那么多眼睛干嘛呢？

你们看，我爱的人有两只眼睛，有一只眼睛的人都可以得到那么深沉的爱，我此生应该怎样去珍惜她呢？

那些点火的女人气哼哼走了。

他们从此开始了平静而甜蜜的日子，她是他在千百人里选的，他多么幸福感慨啊，他是她在感恩里祈祷的，她多么沉湎与喜悦啊。他们的平静是一万里大海积蓄的平静，他们的甜蜜是所有槐花蜜、桂花蜜、菊花蜜、枣花蜜加在一起的甜蜜。

他是一个美丽的人。

世界上最美丽的事情不是你每一次爱上一个人都是真的爱，而是，当有千百个人让他选择时，他只爱一个人。

【四】

从前有一个人，他行过很多路，涉过很多河，闻过很多香，住过各种各样的宫殿，最后，他选择爱一个女人。

他说，花有什么好呢，即使把所有的花加起来，堆成山，涌成浪，旋风一样包围我，也没有我爱人指尖的温度高啊。

他说，山有什么好呢，即使所有的山变成马，变成蛋糕，变成弹簧床，也没有我抱着爱人时感觉有起伏啊。

他在山水之间选择爱一个女人。

有人说，你可以爱其他女人啊。

他说，我不认识其他女人啊。

有人说，你的舞会里，你的宫殿里，你的王国里，有多少漂亮的女人啊。

他说，我不认为她们是女人啊。

他们鞠躬离开了。

后来，他的父亲死了，按照王国的传统，应该由他继承王位，但按照王国的传统，他必须断绝和这个女孩子的关系。

这怎么可能呢！他说。

除非天上的鱼都变成鸟，所有的鸟都自己给自己拔了羽毛，然后弹着肋骨给我爱的女孩子唱一首情歌，我才愿意。

除非树都长成床，长成椅子，葡萄自动酿成酒。路在我想我的心上人时自动把自己折叠起来，把我的心上人丝绸一样卷到我身边，我才愿意。

除非王国里所有的水都流淌乳香，王国里的土地像我爱人手心的肌肤一样洁净温润，所有的树梢都长成我爱人辫子的模样，王国所有的玻璃上都映出我爱的女孩的模样，我才愿意。

那你放弃王位吧。

好吧。

从此再也没有人打扰他们了，他和爱人生了十个男孩，十个女孩，十只天鹅，十只海螺，十个小岛，十个假期——这就是为什么我们过假期时，和心上人在一起才幸福，他们还生了十个风景，每个风景的名字都叫"最美"。（他们也太懒了吧！）

世界上最美的事情不是做只爱一个人的情圣，而是当王冠和爱情摆在他面前让他选择时，他选择爱情，而且生一个爱德华王子岛供我们度假。

他是一个美丽的人。

【五】

从前有一个人，他爱上了一个人。

许多人不知道，爱上一个人多不容易啊，你以为爱上了你就爱上了？你知道你是谁吗？你知道她是谁吗？你知道你明天需要什么吗？你知道你后天需要什么吗？你被粗粝又软柔的岁月历练过吗？经历过其他人吗？你有足够多的时间、足够多的机会、足够多的经济成本和永不熄灭的热情、好奇、纯洁的情怀去认识经历一个个人吗？

他有。他经历过很多人，很多岁月，经历了极度夸张、迷离、万紫千红和水波不兴后，他爱上看一个人。

他是一个国王。

他从冲动里走过，他从贪欲里走过，他从沉醉里走过，他从涌动里走过，他从迷乱中走过，他从充裕丰盈里走过，他从孤单里走过。

现在，他爱上一个人。

他多么幸福啊，他经历了前天又走过了昨天，而且他知道明天。他经历了最繁华最狂乱最沉醉最堕落，他没有丢失自己。他遇到了爱，不是无奈的选择，而是在各种美妙里上万种选择里选择了最爱。现在，他是真正幸福的人。

后来，有一天他的爱人不会笑了。

为什么不会笑了呢？那么丰盈充沛的爱情。

但她就是不会笑了。

他给她讲笑话，他给她寻找世界上最昂贵的珠宝，他讨好她的亲人，他给她按摩，他吻她，他领她去各种热闹的场合，他带她看两个口吃的人吵架，可是，她就是不笑。

有一天，他点燃了烽火。

他想起小时候一群小朋友点火玩的闹剧，他想这下她应该会笑。

果然，她笑了。

烽火本来是昭告战争的，是通知他的臣民来援救他的，他却用来玩，臣民们对他用他们心急如焚顾不得体面的狼狈相只为博他爱的一个女子的一笑显然很不满意，他却乐在其中。

她的笑，让他乐意付出任何代价。

他又点起了烽火。她又看到了成千上万杂沓的士兵、疯狂的战车以及又是虚惊一场的狼狈、惊愕、不知所措，她又笑了。

后来，真的有敌人侵犯他的王国了。

他点燃了烽火，但这次没有人来。

他一点也不后悔。为了他爱的人，这有什么呢？没有爱，国家算什么呢？王位算什么呢？他不是第一个国王，也不是最后一个，有人争着做国王呢。山河不会破，烧焦的土不久就生长出青草，可是他的爱只有一个啊！

能为爱人付出他能够付出的，他是幸福的。

世界上最美丽的事情不是爱美人不爱江山，而是拥有了江山，知道了拥有江山的好，为了美人一笑，宁愿在游戏中把江山毁掉。

他是一个美丽的人。

【六】

从前有一人，他爱上了另一个人。

只一眼功夫，就像世界诞生时阳光看到地球的第一眼，就像婴儿看到世界的第一眼，就像小鸡叨开蛋壳的第一眼，就像弹孔剥开心脏的第一眼。

只一眼，他就倒下了。他爱上了她。

这时，他还不知道她是谁。

这有什么关系呢！他从她的额头看到了她的明亮，他从她的秀发看到了她的飘逸，他从她的鼻尖看到了她的调皮，他从她的眼睛看到了她的纯净，他从她的嘴唇看到了她的生动，他从她的笑靥看到了她的神秘，他从她的呼吸看到了她的馨香，他从她的脖子看到了吻。

他一直不知道她是谁，但是他知道，她不是用来让他熟悉的，她是用来让他膜拜，让他迅猛地去爱的。

可是只看了那一眼，她就丢了。

于是，他整天在街头上找。

见到一个和她长得像的人，他就问：你见过一个眼睛和你长得很像但比你的眼睛更清澈，鼻子和你长得很像但比你的鼻子更有生气，笑容和你很像但笑起来更神秘美丽，嘴唇和你很像但比你的嘴唇更香滑，脖子和你一样像汉白玉但一定比你的脖子更适合吻的人吗？

"流氓！"那人气愤瞪了他一眼，走了。

他很委屈，因为他是真诚的。他伤感地低下头，但不久，他又抬起头寻找起来。

他沿着路找，顺着河找，寻着灯火找，闻着馨香找，寻了很多年了，还是没有找到她。

"亲爱的，您是在考验我吗？"他经常自言自语。

世界上最美丽的事情不是为了爱把自己当作戏子，而是，爱上一个陌生人。

他是一个更美丽的人。

【七】

从前有一个人，他爱上了一个人。

他只看了她一眼，而且这一眼打了八折。他们是媒人介绍认识的，媒人现在就在身边，他不好意思看她，但就是这个打了八折的第一眼，他就从心里认定，她就是我老婆了！

哦，他还看了一大眼，这次是看她背后，她离开后，他盯着她的后背看了足足三分钟。他看这么长一眼是为了认住她，嗯，她的头发很黑，腰很直，屁股很圆，双腿走路很有意思，没见上发条但一直走得很有劲，两只腿拐来拐去却总是绊不倒。

她是一个多么有趣的人啊，他在心里赞叹。

现在，我是有老婆的人了，他在心里说。他们商量登记结婚，翻皇历，拜祖宗，规划迎亲去和回的路，当然这些都是通过媒人商量的。他天天对着院子遐想，枣树可以爱，榆树可以爱，石榴树可以爱，槐树可以爱，桃红可以爱，勺子碰碗可以爱。

正在他做梦的时候，她得了急病，去世了。

他忍了一条河的泪，在梦里哭。终于，他病了。

再起床已是三个月以后了。

他太伤心了，他家里盆盆罐罐墙角屋顶树枝树墩板凳晾衣绳子上都寄托了未来生活的梦啊！

如今，一切都灰飞烟灭了。

他很伤心，但他首先想到了她的父母，"我的没过门的媳妇啊，没有了你，你父母怎样生活呢？"

"既然我从心里把她当成了爱人，当然也该把她的父母当成父母。"想到这里，他拉着架子车，要把她的父母接到自己家里。

他们当然不去，孩子没有跟人家过一天，怎么好意思让人家养活呢。

"这有什么呢？"他说，"只差一步，她就被我娶进家了，但我的心已经先一步爱上她，已经把她当老婆了，从我们见面的第一天到我们商量结婚也有半年时间了，在我心里我们也是半年夫妻了，她只是死得早了些，没有跟我过到头而已。"

"孩子啊，你是好孩子啊。"她的父母抱着他哭。

后来，她的父母相继病倒了，这时他们不想去他家也没有力量反抗了，他把她的父母抱到架子车上，接到自己家里。

他对他们像亲生父母一样，他把他们养到老，他没有对他们说一句难听的话，更没有在他们面前丝毫自夸。后来结婚生子，他让孩子喊他们姥姥姥爷。他们跟他生活了三十多年，老太太活到80岁，老头活到了85岁。

世界上最美丽的事情不是痴心地爱上一个陌生人，而是还没有和陌生人握一下手，却替陌生人尽了一个孝子的责任。

他是一个更美丽的人。

2013年5月6日

九个礼仪

一、心动

理由是找不到的，一切缘自"恰好"。一个当令的年纪，一个当令的人，恰好这天爱神在当空值班，他轻轻地射了一支金箭，于是，两颗小心灵就那么倏忽一下被揪动了，眼睛里也一下子住进了太阳的光芒。

心动的理由问心是不能回答的，这是一个未解之谜。

二、玫瑰

这时候玫瑰红了起来，这是离爱情最近的花朵，当然，也有人想到了桃花和芍药，有一个人抱着一棵大树走到了一个女子的家门口，他要把树栽到她家的院子里，他说"直到三级小风把树像轿子一样抬走，我才不爱你。"

这时候我们当然还是想到玫瑰——铺满了克丽奥佩托拉卧室的玫瑰，女王走来洒在脚下的玫瑰，油画里的玫瑰。

玫瑰的语言是：真爱。

三、信

耳语的温柔抵不过信的浪漫，话语可以随风吹走，写在纸上的誓言会有岁月历久弥新的芳香。爱斯基摩人的冬天冷，就是把十块毯子吊在窗子上屋里也有寒意，但如果把信糊在窗棂上，屋里便不冷了。

有些信也可以做船，有些信会变化成精灵。牛郎织女的传说里，牛郎追织女是靠着一张牛皮，其实，他能飞起来，是踩着一封信。

很多胆小鬼怕写信，他们说爱呀爱呀，但他们不敢写下来，他们怕被捉住把柄。

四、是你？

是你？

是你吗？

你真的爱我吗？

不要回答她，把她按到墙上，用舌头回答她。

五、吻

从前，有一个人爱上了另一个人。

他献了玫瑰，他写了信，他动了心，他许了愿，他发了誓，他要和她在一起。

怎样知道她也爱我？怎样确信她爱上了我呢？他不知道。

有一天，他看到了她，他还看到了一只蜻蜓，看到了一只小鹿，看到了阳光斜下来躺在她脸上变成了五线谱，他猛地扑了上去——

于是，吻发明了。

它的意思是：在一起。

六、浪漫

从前，有一对恋人，在他去找她的路上有一座山，这个男人特别有信念，有一天，他用手一指，山移到了海里。

从前，有一对热恋的男孩女孩，女孩说，你把天上的星星摘下来给我，男孩说你等一等，他脱下来鞋，找一根绳子，往天上一扔，爬了上去。一会，他摘了一颗星星下来了。

从前，有一个男人爱上了一个女人，不久，女人死了，可男人依然爱她，一个在人间，一个在地下，地下的人不能到人间来，人间的人也不能到地下去。怎么办呢怎么办呢，男人一发奋，于是他创造了天堂，于是他们在第三个世界里的天堂相遇了，这个男人创造了第三个世界。

世界上的一切奇迹都可以发生，因为他们是热恋中的人。

七、信誓

这个世界是通过我，为你而生的。

在你出现之前，这个世界纷繁复杂扑朔迷离，你一出现，它们全变成了道具，地球为你已经诞生了亿万年，道路为你已经铺好了几千年，瓜果粮食为你已经诞生了几千年，他们被亿万人尝过是好的，才呈献到你面前。

你越贫贱，越富贵；越普通，越卓越。你的缺点是作践那些不懂爱的人的，你是我心中的玫瑰，是千千万万朵玫瑰里不一样的玫瑰，你是世界上独一无二的花儿。

我通过你找到爱。

八、祈祷

我把爱你的语言藏在字典里，藏在那些懂得爱情的赤子的口中，藏在世上所有感人爱情故事的细节中，藏在天地、一切活物的启示中，那一切不能说话的，都在呈示我的爱。

有你，我不敬别的神。如果因为敬别的神而使你幸福，那我情愿。因为遇到了你，我不祈祷重生。

我甘愿不想你的好而负起你一生的困厄痛楚。

我祈祷此生此世和你在一起。

九、感谢

谢谢你。

谢谢你让我遇见你。

谢谢你让我通过你看到全世界，并热爱这个世界。

谢谢你让我喜欢喜欢你的我。

我是一条濒死的鱼，因为你爱情的甘露重生。

谢谢你。

我不想让你现在遇到我

　　我不想让你现在遇到我，亲爱的，我的梦想那么多，那么乱，所有美好的东西我都想拥有，所有美好的愿望我都想实现，我很贪婪，我不懂节制，我真心地认为，这个世界属于我因而是属于你的，虽然其实不是。

　　我不想让你现在遇到我，亲爱的，我那么不现实，我还认为梦想是最重要的，我还相信爱，我还相信浪漫，我还相信感动，相信奇迹随时随地发生，我相信只要有真心是可以感动一切的，而其实不是。

　　我不想让你现在遇到我，亲爱的，我还相信时间，我还相信未来，相信美好的东西会因时间的冲刷而显示价值，我相信爱有回报，勤劳有回报，善良有回报，相信一切美好的用心和付出都会有回报，而其实不是。

我不想让你现在遇到我，亲爱的，我的房子还没有盖好，我为你盖的宫殿由于蓝图太豪华总是盖了又拆，我总是为什么是最好而迷茫和犹豫不决，我知道世人的最好是什么，但我不知道什么是你需要的最好，什么是正好和恰好的，我总是不知道什么样的宫殿可以充分地、美妙地、诗情画意地契合你的梦想。

我不想让你现在遇到我，亲爱的，我要修的通向你家的路还没有修好，路上撒什么花瓣还没有想好，路两边栽什么树还没有想好，院子里的秋千没有绑好，楼上的望乡台也没有砌好，我想要的酒还没有酿好，就是你戴的百花草帽也没有编好。

我不想让你现在遇到我，亲爱的，给你的诗还没有写好，你喜欢听的话我还没有想出以什么样的语调说出来，客厅里的墙上我还没有想到挂什么，我也还没有想出来在床头上放什么让你一醒来就高兴，我还想设计一个东西让你一看到就感到踏实。

我不想让你现在遇到我，亲爱的，我的衣服也没有做好，我必须以盛装迎接你才显得敬重。作为一个仆人我必须打扮得郑重其事，而什么是一个仆人的心态我还需要反复练习。

我不想让你现在遇到我，亲爱的，我的庭院还没有打扫好，庭院里应该有一些花，我还没有想好要栽什么；院子后有一个湖，那是为了将来我们散步和孩子戏水玩的，也还没有挖好。庭院里应该有回廊和几个小亭，我还在为用什么样的颜色和材质踌躇着。

亲爱的，我不想在这个时候遇到你。我的脸黢黑，我的手满是裂纹，我的脸由于劳作是褶皱的，我的嘴巴因为长期不说话而拙笨。而我想给你喜悦，我想让你看到一个开花的脸，我想让你在我的脸上看到的是豁达和自信，可是我还不能。

我不想让你这个时候遇到我……

我很难过，我还没有足够的智慧帮助你免于沮丧和迷茫。

你要的东西很多，而我只能给你我所拥有的。

很多问题我不能给你答案，因为我是笨拙的。

我有很多东西不能解释，关于爱，关于为什么爱你，关于生命，关于生活的意义。我是那么一个小小的人，而世界的问题那么多。

我那么笨，总是要用很长时间才可以说完一句话，说过后，又会为词不达意难过。我不愿意一些歧义和误解在话语里产生，但语言又是歧义的。所以我非常恨我的笨拙。我愿意被你提问，但是我不知道怎么回答。我说我愿意是棵树，就是这个意思。所以我说我悄悄地赞美你是好的，悄悄赞美你，又不让你知道。

我愿意说一些美好事物。

如果我将死去，我想我不会太过恐惧。只是担心带给你悲伤。

如果你见到我，愿你见到，我是美的。

我想在此刻，说爱你，又不让你知道。我想带给你好消息，让你的心喜悦。

我爱你什么

亲爱的，我是一见你就爱上你的。

你给我的信息那么多，一见你，我就像一头栽进了河里。

你的声音好听。

（闭上眼，我也可以爱上你。）

你的面容善良。

（善良得让我猜测你可以让人在你的善良里打几个滚。）

你的笑容娇羞。

（让我多么想立刻就逗你，白天逗你，晚上逗你，高兴了逗你，你生气时，逗你。）

（你的笑容一下子把你的少年时代暴露了，让我一把可以抓住你的十二岁，我一下子觉得，我对你了解那么多。）

你那么协调。

（你的头和脖子很协调，嘴巴和鼻子很协调，胳膊和手很协调，走路很协调，衣服很协调。）

（一看到你，我好舒服啊！）

你的要求，那么正常。

（你爱吃，可谁不爱吃啊。）

（你爱穿，可谁不爱穿啊。）

（你有点娇气，可谁不想天天被人宠着啊。）

（你不爱干活，可谁想天天忙前忙后啊。）

（你应该要求一点不正常的才对得起自己啊。）

（你应该要求，爱你的人必须多长一颗牙，哪怕是龅牙！）

你这么谦虚，所以，一见你，我就爱上你了。

（哦，也许，还因为那棵树，那棵树站在你头上，真衬托你啊，绿色的枝条像给你打扫天空，树跟你一比，也不自信了，你的身子那么软，而树那么硬。但是，我看到树乱摇，而你不摇。）

那时你的身边还有两只蝴蝶。

（蝴蝶像是从你的脑子里飞出来的，蝴蝶和你真相称，蝴蝶和你是亲戚吧？老实告诉我是不是？）

还因为你站的那条路。

（那条路很弯曲，我觉得和你在一起特有缘。自从你走过，再也没有人配走这条路。）

也许还因为，你洗了脸。

（可是，你天天洗脸啊，你也不会因为见我洗脸。哈哈。）

（不过，那天的脸，我感觉你洗得特别好。）

也许还因为你身边的朋友和身后那群人。

（你的朋友非常漂亮，但是，总觉得她有些地方不顺眼，没有一点想亲近的感觉。你身后的那群人参差不齐老老少少黑黑白白花花绿绿，我只感到他们热闹，没有感到他们美，没有感到一点可亲，也没有香气，后来我想到，他们好像就是给你做背景的。）

哦，那时你的身边还有两只蝴蝶。

一瓶眼泪

男孩和女孩分手了，只要到了黑夜，他就会想起她，心又空又疼。白天也不行，出门走向哪里，都有她留下的身影，脑子车轱辘一样转来转去都是她。不出门，也不行，太静了，忍不住就会想她。

见朋友吧？和她认识的朋友，知道他这段感情经历的朋友他都不想见，疼。和她不认识的不知道他这段感情经历的，会追问他这些年月怎么生活的，他又不得不回忆起她。说假话虚伪，说真话心疼，到最后，躲到厕所里喘气。

男孩决定，去一个没有女孩影子的地方生活。

去哪里呢，男孩想。

他们相见的城市不能待，他们去过的城市不能待，她生活过的城市不能待，她学习过的城市不能待，有她朋友的地方不能待，她向往的城市不能待，他们谈到过的城市不能待，甚至，生产她爱吃的水果的城市都不能待，她爱吃水果，她喜欢的水果实在太多了。

男孩子只有逃，使劲逃。

其实，他也不知道该去哪里。

但是要走了，这次真的铁钉似的要走了，他背起行囊，一步一步往前走。

他一直听到背后有人喊，回头，没有看到有人喊他。

泪水哗哗地流下来。

一路上回了很多次头。

走到山上一条僻静的小路上，又听到一个人喊。

他回头，看到一个老人蹒跚着脚步，累极了的样子，边喊，边和他打招呼，嘴里好像还埋怨着他。

他停下来，回头迎过去。

老人走近他，递给他一个小瓶子。圆圆的小瓶子，里面装满了水。

"这是什么东西？"

"你的眼泪，孩子。"

他看看老人，不是开玩笑的样子。

"这是你这些年为她流的泪，我帮你收起来了。"

他接过来，仔细看一会，捧起来，但又想扔。

都过去了。

老人用眼神制止了他。

"有什么用呢？"他苦笑一下问老人。

"累的时候，你就可以取出一小滴，滋润心田。"

"嗯，那就收起来吧。"他把小瓶放到了背包里。

男孩子去过沙漠，爬过山，走过最干涸的丘陵和平原，最干渴的时候，拿出瓶子，往手里倒一滴，往眉心里一揉，霎时，一点也不渴了。

男孩子走了很远很远。

走到哪儿了，不知道。

如何追到你喜欢的女孩

如何追到你喜欢的女孩呢？你可以练习飞行。你要养很多鸡，鸡长大了，把毛拔下来，用鸡毛扎两个大翅膀，你拿着翅膀找一个起风的口了，确信她一个人在家，起飞。但你要确信不能飞得太高，有一个朋友，兴高采烈地想象着见到女朋友的样子，一飞，飞到太阳身边了，他的鸡毛全烤焦了，结果，他掉下来了。

你飞到她的窗前，轻敲窗户，像个鸟人，说我爱你，一次，二次，三次；一月，二月，三月。每次都是在起风的时候，每次都是她一个人在家，你把她家的窗户都擦亮了，一激动还在窗户边写下亮晶晶的语言，你说，她能不爱你么？

还有一个方法，你养很多土拨鼠。在土拨鼠大一点的时候，训练它们挖地道，闲的时候，给土拨鼠讲你的爱情故事，你是如何爱她，你是多么想得到她的爱情，你每次都要讲得泪流满面……你讲故事的时候要一天不吃饭，这样，等土拨鼠们有一天长大了，有成千上万只土拨鼠，你一声令下，土拨鼠们一起朝一个方向挖，不久，你就挖到她们家房底下了，你将土拨鼠挖地道挖到的银圆、金元宝、宝石、青铜器放到她的床下，留个字条，说，这是爱情给爱情的礼遇。然后，你就潜伏在地道里，在她睡觉的时候，钻出来，给她讲童话，用一个老人的声音，你在她的床底下放一张桌子，买上所有的童话书，放心，等不到你把这些童话讲完，她就会爱上你，在她夜里蹬掉被子的时候，你就可以给她盖好被子，在她梦里笑的时候，你可以很浅很浅地吻她，故事讲到最后，你一定别忘了介绍自己，"本故事是土拨鼠为所爱的人而讲"。这样，不久，她就会爱上你了。

还有一种方法，你要将你的妹妹介绍给我，我才告诉你。

2010年4月28日

如何忘记一个你爱的人

如何忘记一个你爱的人呢？

有人说去恨她，这是多么愚蠢的行为呀，"恨不消恨，端赖爱止。"虽然你不能爱她，但恨也是要花力气的呀。恨伤害不到别人，倒是伤害了自己。再说，这和"忘记"简直背道而驰呀。

不能恨她还有一个原因：这是违背高尚爱情道德的，我一说高尚你就吐了，当然有时候我也吐，把自己绑在高尚的战车上，内心里其实是很苦的，它少了你打我一拳，我还你一脚的痛快。但在爱情这件事上高尚一点还是好的。这不像你去菜市场买块猪肉，对方毁约了，你甩手将猪肉扔她脸上。爱这件事情，是起于纯洁的（如果不是，那你是活该）。你开始一定是盼她好，盼她幸福，尊重她的选择的，现在，就将你的初心封存。沉到记忆的海里去吧。

有人说用爱去忘记，这倒是一个不错的方法。爱她，爱她身边的人，爱社会，爱阳光，爱每一个有星光和没有星光的夜晚，这确实很好玩，但怎么感觉有点虚啊。你的爱会不会给她添累啊，你给的是爱，但她感觉像鼻涕一样粘在衣服上，是不是感觉有点滑稽？再说，用爱去忘记爱，只有大师和情圣才可以做得到啊，你我都是平凡的人，还是不用这招了。

有人就一点点数落对方的缺点，从交往的第一天开始回忆和梳理对方的不好，对方的虚伪，对方的无能，以及不能在一起的蛛丝马迹。这个，确实可以安慰你受伤的小心灵，但细细一想，还是有点不靠谱，你仅仅是因为她"好"才爱上的她吗？只有你爱上了她的不好才是真正的爱呀。再说，她的每一个缺点都是优点的延伸啊！她又不是你们家的神，没有必要只用"好"护佑你。再再说，必须把她总结成垃圾，你才觉得心里舒坦吗？和一个垃圾打情骂俏了三年，那你是个什么东西？这个方法不好。

有的人用喝酒去忘记一个人，白天，他尽量把自己弄得忙忙碌碌，晚上，他就轮番邀请朋友喝酒，男人间的友谊还是强大的，在交杯换盏八卦中你就将失去亲人的伤痕忘了（哎呀，一不小心你就露出了疼了，"亲人"是多么深情的啊），但你喝酒要喝个沉醉，要喝到夜够深，如果你喝了个半醉或者早早就散场了，你回到家还是孤独寂寞心疼，那就麻烦了。

有人会用吃来忘记失恋的疼，我觉得这个方法不错，不管是甜、香、脆、酸、麻、辣、苦，都可以让我们在短暂的味觉享受中忘记心的伤和空。特别是巧克力，它香甜滑腻的味道可以巧妙地将我们引进一个气氛温柔的小世界。有些傻货失恋了，一坐上餐桌就使劲吃，好像终于可以不那么拘谨委屈了，吃饱了就去睡觉，这实在是一个非常好的办法，但最好梦中不要梦到她，梦到她就又会哭，哭了就会用枕头捂住嘴，不想让家人知道，这实在是一件痛苦的事啊。但谁能保证你不做梦呢，即使不吃饭也可能做梦啊，爱那么深，日子那么浅。但只要你有好胃口，一天一天吃，从去饭店到回家自己做，从胡乱吃到讲究味道，讲究品色，讲究刀工，你也许会成为一个优秀的美食家呢。据我所知，世界上87%的美食家都是失恋催生的。因为他们成了美食家，等他们再次失恋的时候，他们也不那么痛苦了，因为他们已经成了恋味癖，他们已经学会在细细碎碎的美食中清解感情，当然偶尔切到手还是有的，切到了手就切到呗，那些血也不必擦，真不忍放到嘴里吮吸了就好，味道是咸的吧？

用吃饭这方法忘记一个人有点慢，但你要慢慢吃，慢慢吃，吃着吃着有一天你就终于发现你好多天没有想她了，你哭了，你就哭一次吧，为你的忘情，为你的忘情而又不得不忘情，啊这就是哭两次了，哭两次也好，泪很干净，用它将天空擦亮也好。

有一个人吃遍了一个世界就为忘记一个人，真好，虽然他忘记她时已经七十多岁了，但也是忘记了呀，真好！

有一个人忘记一个人的方法是跳到河里比憋气，跟谁比呢，跟自己比，每天只要是能抽出空，他就找一条河，跳进去，把头浸在水下面，看多久时间才浮出水面，本来他是想寻死的，他刚一失恋的时候，他真的不能承认失去她这个事实啊，一天走到河边时，他就跳了河，但是他会游泳，所以他最终没有沉下去，他从水里出来时沉重地低下了头。但也就是从这一天，他喜欢上了在水下憋气，因为在水下头昏脑涨、肺要憋炸的状态真的可以让他忘了失恋的苦。到最后，他问自己"我为什么喜欢憋气呢？"呵呵，他连这个都忘了！原来他的智商因为长期憋气变成了0。"0"啊哈哈！

有一个人当他想忘记一个人的时候就吃一片树叶，据说杨树叶最好吃，因为杨树叶苦。还据说，每一个人都可以找到一种吃下这种东西就可以忘记一个人的方法，苹果、葡萄、草莓、土豆、红薯、板蓝根……

有的人忘记一个人的方法是让自己觉得自己不配她，"她这么好，应该得到自己的幸福，还是让更好的人来爱她吧。"

有一个人用哭来忘记一个人。和她在一起的日子是那么幸福、那么温暖、那么简单却又那么舒坦。离开她后，他听说泪水能涤荡染尘的心灵，听说泪水能冲刷记忆中的伤痕。于是，这个人常常以泪洗面。最后他发现，这个方法最不靠谱。因为每一滴眼泪中都有她的身影，每一场痛哭都在心上深深刻上她的烙痕。于是他选择笑，他对着太阳笑，朝着大海笑，骑着马儿笑，坐着飞机笑，踩着雪花笑，迎着春风笑。为什么要忘记一个曾经爱过的人呢？她是在爱的路上度自己的人啊！哪怕最后没有一起慢慢变老，也曾为她付出过自己真挚的爱啊！一想到这个，他就笑了。

对了，还有一个东西我忘了说，有的人吃麻辣火锅可以忘记一个人，他说热气腾腾中谁也看不清谁的脸，夹一筷子菜往嘴里一塞，喝一口烧酒，顿时眼泪就哗哗哗流下来了，谁知道你是麻辣出的泪还是伤心的泪呢！

我从来没有失恋过，我和女朋友、爱人、老婆一辈子了半句嘴都没拌过（我们家的人都有个酒窝），我真幸福。

有的人忘记一个人的方法是写童话。

2014年1月25日

我和考拉的N次相遇

【一】

我姓木，我是一个贫贱的园丁，园丁是没有什么名字的。如果遇到高贵的爱情，我就更不敢有名字了。如果一定要说，我大学时叫木头，高中时叫木瓜，小学时叫木鱼。好像我一生欠打。

我爱考拉。

我喜欢她独特的味道。

【二】

第一次见考拉，她正在睡觉。

她抱着桉树睡觉的姿势好美啊，她闭着眼睛睡觉的样子好美啊，她的翘翘的耳朵好美啊，我看了一遍又一遍……

我忍不住轻轻抚了一下她的胳膊，她的皮肤好美啊。

我看了她一眼又一眼。

我喜欢她身上的味道。

【三】

第二次见考拉，她还在睡觉。

我从书包里掏出洗好的桉树叶子，我在叶子上喷了盐水，我还在某些叶子上涂了糖水，还在某些叶子上涂了柠檬水，还在某些叶子上涂了咖啡粉和辣椒，还在某些叶子上涂了葡萄酒。

放下叶子，我趴在那里静静地看她。

我发现，考拉睡觉时，她的嘴是委屈的，她好像很生气的样子，而她的睫毛安静俏皮。

看了很长很长时间，她没有醒，我走了。

我喜欢她身上的味道。

【四】

第三次见考拉，她又在睡觉。

正好，我给她带来了脚气膏，我可以趁机给她抹一下脚。考拉有点小小的脚气。这是我上次见她时发现的。我坦白，上次我见她时，我偷偷亲了她的脚。这是我听信了宋代诗人嘉禾先生的一句话引起的，嘉禾说，如果你爱一个人，你肯定会喜欢吻她的脚。

除了有点脚气，考拉的脚味道不错，有点北京烤鸭的味道。

趁考拉还没有醒，我赶紧走了。

我不能让考拉知道我喜欢她，因为我已经为她做了什么。如果没有做，我会让她知道。现在做了，我已经不想让她知道了，我不想让她因为丝毫的感动爱上我……

她身上的味道很好。

【五】

第四次见考拉，她也在睡觉，睡了也好，刚好可以好好看她，反正看不够。

看了考拉很长时间，我才想起，忘了给考拉剪趾甲啦，我赶紧拿出指甲钳。

可是我左看看右看看，总是下不去手。考拉的脚很小，趾尖很尖，趾甲很厚，一剪子下去，一定伤到她的脚。

"考拉考拉，我怎么可以给你剪趾甲啊？"

对着熟睡的考拉，我委屈地问。

"考拉考拉，我怎么可以给你剪趾甲啊？"

看着熟睡的考拉，我一遍遍叨唠。

我抚摸了考拉的头，我抚摸了考拉的脚，我握了考拉的手，我用手背拂过考拉的脸，我用手指肚碰了考拉的鼻子，我抱了考拉，我吻了考拉，对不起，我实在是忍不住了，我是情难自禁，我几乎吻了考拉全身……

我喜欢考拉的味道。

【六】

第五次见考拉，她也是在睡觉。

我想，我可以给她写一封信，我爱她，我不敢说给她听，我想，我可以给她写一封敬重的信。

我看了考拉一遍又一遍，不知道该怎样开头。

我扯下一张又一张纸，不知道怎样述说我爱她的理由。

我得告诉她，我并没有见过她却一眼就认识了她。我一眼就认识了她但我没有任何认识的过程……我喜欢她身上的味道但决不仅仅因为她身上的味道喜欢她……

她信么？

就是她信，我该怎么述说？

我又想到，第一次见考拉时我是一个诗人，我爱她，考拉睡着了。第二次见考拉时，我是一家报社的部门主任，我爱她，可是考拉睡着了。第三次见考拉时我是一个摆地摊的手艺人，我爱她，可是考拉睡着了。第四次见考拉时我是一个开小饭馆的老板，我爱她，可是考拉睡觉了。现在，我是一个流浪的童话作家，我爱她，可是考拉睡着了。五次见考拉，间隔15年，15年啊。我突然间顿悟，这只是我的一个爱情传奇，可对于考拉，这又是什么呢？我贫我富我贵我贱我上我下我高我低，对于考拉算什么呢？她只是在睡觉！

哈哈！

我没有写信。我看了考拉一眼又一眼，温暖、怜惜、感慨、流泪。在考拉醒来以前，我走了。

【七】

其实，我并不认识考拉。

我没有见过她，我只见过她的一张照片，一见她，我就爱上了她，我喜欢她身上的味道。

其实我并没有闻到考拉的味道。

我一见到她，就看穿了她，我知道会爱上她，就知道了一切的结果。

我爱她身上的味道。

我知道一切结果，所以我尊重结果。但我爱她，我忍不住，真的忍不住。

　　于是，我就经常设想和她在一起。我经常坐在阳台上幻想和她在一起，我写了很多篇关于她的文章：比如："我和考拉的N次相遇""考拉考拉，我可以一次给你洗一只袜子吗？""带着考拉去非洲""那些可以拼出考拉的星星"……

奇迹八叶

一叶:

一辆飞速行驶的列车,从车轨上飞起来,像龙一样蜿蜒一圈后,突然飞进一个针鼻儿里……

哈哈,你不相信……

二叶:

那天,我在路上走,一脚踩住了一棵草。草站起来,愤怒万分,高叫着,你踩住了我!

我轻轻拍一下她的脸蛋,说,宝宝,你说我的脚该放哪里?

她笑了。

三叶：

在塞尔维亚有一个叫米洛莱恩的兄弟。一天，他驾车访友。路上，他停下车，想方便一下，刚刚解下腰带，突然他看到车自己开走了，他赶紧追他的车，不料，他"啪"一声被自己的腰带绊倒了，他爬起来，眼看着自己的车溜到了山沟里，他追着他那可怜的车，却不料一棵树倒下来，他一闪，树砸住了他的腰。这是这条路上唯一的树，刚刚被他滑行的车碰了一下，好在有树枝撑着，他没有大碍，但这是一条偏僻的山间公路，一天也没有过一辆车和一个人，他只有自己从树下一点一点往外挪。挪了大半天，他终于从树下挪了出来。这时他已经筋疲力尽了，他无意中将手伸向衣兜，发现口袋里有早上他无意塞进的一个面包！他急忙掏出来，左看右看，欣喜万分，他张开口正要吃，一只迷迷糊糊的小狗跑过来叼住面包跑了。他气愤地追赶，一脚踩到了瓜皮上（哪里来的瓜皮？），"啪"的一声摔了个屁股朝天，他叽里咕噜滚下了山沟，醒来，他看到他躺在自己的车顶上……

这是我知道的一个奇迹。

它肯定不是世界上最大的奇迹。

四叶：

我曾经遇到过一个寻找奇迹的人。

那年，在阿拉木图开往北京的火车上，我遇到了他，他叫木瓜？木鱼？他叫什么已经不重要了，我只知道他现在仍然在车上，继续着他的寻找。

面对面坐着，他突然长叹一口气："要是这时有一个女人走来，告诉我，她爱我，那是多么大的幸福啊！"他闪亮着眼睛说。

"啊——？！"他的话让我十分惊奇。

"我特别喜欢外出。出差，旅游，访友，或者没有任何理由地游荡。因为在火车上，你是消失了身份的。学历，金钱，地位，家庭，一切背景都消失了……

能标志你身份和生命特质的，只有你这张脸和你的气息，你单纯又神秘，高贵又冷漠，孤独又自由，生动又可怜。如果有个女子这个时候认识了我，看了我一眼又一眼，告诉我她喜欢我这张脸，告诉我她爱我，希望下了火车就和我结婚，她如此坚定不移地告诉我，我就会给她想要的幸福。那是多么大的福祉啊！"

我的眼睛被他说亮了。

我知道他还在寻找。

这样的东西轻易得到就太没有天理了。

今年四月，在开往莫斯科的列车上，我又看到了他。我站在站台上，看到窗口上一个熟悉的背影……

五叶：

你写的是什么？

我在写一篇奇迹与爱情的故事。

你看不懂吗？

那你可以走了，我的故事不是为你写的。

看得懂我的故事的人才是我的朋友。

六叶：

马克思和燕妮是一见钟情的。

马克思一见燕妮，就说："我爱你！"

燕妮羞涩地低下了头。

马克思等着燕妮抬起头，等着她问他为什么，他准备了一肚子的话回答燕妮，这些话他几乎可以脱口而出——

"你看那些人间美好的感情，哪一个不是在一瞬间决定？一瞬间之后，他们燃烧、美丽、如火如荼，美丽的爱情之花开了，就在不可思议不可理喻不由分说中。美丽的爱情之花那样纯洁高贵出尘脱俗，而获得它是那样的轻易、自觉、毫不牵强！

"而你看那些背叛，看那些流血，那些哭泣和泪滴，又有哪一个不是在生活多年后？看到这些，你会想到，一个人，究竟需要多少年才可以认识另一颗心？你会明白，爱情就是和自己打一个赌，和时间无关，和等待无关。在最后一张底牌翻出之前，没有人会知道结果。既然如此，我们何不简单些，再简单些，简单到只剩下美丽，只剩下信任！如果爱情没有了考验和牵强，只会更加恒久而纯洁啊……

　　"我从你的眼睛里可以看到那里面是我喜欢的明净世界；我从你的贝齿和笑颜里看到那是芳香和没有仇恨的；我从你安静的眼神，如画的眉梢里看到你是被诗歌和童话熏染过的；我从你贤淑的神态和高昂的头颅看到你是高贵可敬的；我从你舒适的衣着和你衣服的褶皱里可以看出你是洁净的……"

　　"我爱你！"

　　马克思准备了很多很多话回答燕妮，但是燕妮一直低着头，她一句话也没有问，等她抬起头来，她说：

　　"咱们今天结婚吧！"

　　马克思晕倒了……

　　这是我知道的马克思和燕妮的故事，这是关于他们爱情故事最真实的版本，但是，知道这个故事的只有林一苇，而他又无法自证故事的真实。

　　马克思的著作里也没有这么说。

七叶：

史载，公元前199年，秦始皇派两个宫中优秀的工匠，要他俩各自给他造一座宫殿。一个派往北方，一个派往东方。

行前，老秦反复交代，选址要细，宫殿的基础要打好。他要求他们，选址两年，打基础一年，半年盖好宫殿。

去北方的工匠去了毛乌素沙漠。他选啊选啊选啊选，可是，沙漠之中，只有沙漠，两年过去了，他只选到了一个看起来较好的沙石堆，作为宫殿的地址，只有祈求宫殿的基础打得好些，可是，不管他怎么打基础，他盖的楼宇还是不久便塌了。三年的努力面对的是一堆废墟。

去东方的人去了嵩山，他掏出钢钎一打，地硬得像金刚石一样！地址不用选了，基础不用打了，一个月，他盖好了宫殿。

去东方的工匠回到咸阳，面见秦始皇，秦始皇大吃一惊，问他怎么造得这么快，他告诉了秦始皇他一个月的经历，然后说，"无他，唯运气好而已。"

老秦说，你牛，你比我牛！

爱情的宫殿不靠时间，靠基础，但不靠吭哧吭哧地打基础，基础是人的内在品质，该打好早打好了。一个糟糠之人，你和他谈十年恋爱也谈不出完美爱情盖不出美丽宫殿。老林是山，放一堆沙子撒泡尿也能做一个温暖的泥丸。

风来了，我把你抱起来，贴着我的身子放，或者放到山洞里宝着。你没有听说过风吹倒过山吧？

八叶：

爱人，开篇我说的那个一列火车钻进针鼻儿的故事，你一定不相信吧。

这是真的。

在宇宙中，有这样一个星球，它的密度特别大，这么比喻它吧，如果把地球变成它那样的密度，地球只有足球场那么大……

若那样，一列火车也就如一根线。

线再粗，也能穿到爱情的针眼里。

2006年5月26日

一苇如何渡江

一个叫林一苇的人，他想渡江。他坐火车到了汉口，买了一张船票，过了长江。显然，这不叫一苇渡江。

一个叫林一苇的人，他在汉口跳到了江里，他仗着胆子大、肚皮厚，游过了长江。显然，这不叫一苇渡江。

一个叫林一苇的人，他认识了一个叫江的女孩，和江谈了一场惊心动魄的恋爱。显然，这不叫一苇渡江。

一个叫林一苇的人，他学着达摩的样子，将一根芦苇扔到江里。他站在芦苇上，结果他扑通一声掉到了江里。他从江里爬出来。显然，这不叫一苇渡江。

一个叫林一苇的人，他仗着读了两天书，拥有了一点话语权，就命名一棵桐树叫芦苇。他抱着一个"芦苇"渡过了长江。显然，这不叫一苇渡江。

一个叫林一苇的人，他小时候爱尿床，妈妈常指着他的小鼻子说，你一泡尿像江一样，已经把你漂起来了……显然，这不叫一苇渡江。

一个叫林一苇的人，一直为如何一苇渡江而愁苦。一天，他遇到了他的老朋友帕斯卡尔，他突然大笑了。他脱了裤子跑到江边，跳到长江里，他爬出来，实现了一苇渡江！

帕斯卡尔多年前曾经给林一苇赠言：人是会思想的芦苇。

2006年3月29日

小狐狸

四川的猫喜欢吃辣椒吗?

北京的狗是不是也说普通话

听说安徽的猪都会哼两句黄梅戏

广州的猫头鹰喜欢喝早茶

兰州的天空布满了拉条子的白云

陕西的驴喊一声都是秦腔

镇江的老鼠喜欢喝醋

广西的公鸡会唱山歌

比这更牛的

聊斋里的狐狸都会谈恋爱

从前，有一只小狐狸。这只狐狸非常美丽。我可以证明她没有一点狐臭，而且我可以证明这只狐狸拥有让任何在她身边的事物散发出比它原来的本质更有魅力的芬芳。

这只狐狸非常美。她的眼睛比露珠还要静谧，她的身姿如芦苇般柔软，它的毛发有一种流线般的光滑和整齐，自带金丝和光亮，它美丽的容颜让你一看到就充满欢喜，不由之主地喜悦，从而爱上这个世界。我愿意用行者的步履发誓，在一切生物中再也找不到像这只狐狸这么美丽的存在了，它的存在就是在彰显一种极致。

一天，老狐狸对小狐狸说：

"孩子，学着去爱一个人吧。"

小狐狸很听话，妈妈说了后，她就注意观察人类，但是，她发现非常难爱上他们。于是，她对老狐狸说：

"妈妈，我发现我很难爱上他们。"

"为什么呀？"

"因为，"小狐狸嫌弃地说，"他们仇视我们，天天说我们的坏话。他们个子太大了，个子大不说，还腿粗。"

"我保证他们是世界上拉粑粑最臭的。他们太自大了，只把自己当作人，从不把其他动物当作人，甚至不把其他人当人。"小狐狸说到最后有点激动了，她气得脸红。

亲爱的亲爱：小狐狸

"孩子，"老狐狸抚摸着小狐狸的头说，"试着去爱吧，当作一次修行，当你爱上一种不可能时，你会发现，爱是一切的可能。"

小狐狸默默点头。

于是，小狐狸听从老狐狸的话，努力尝试去爱人。

小狐狸躲在路边仔细地观察行人，她早上去，晚上归，一待就是一天，但观察了好长时间，还是找不到感觉。

"你可以试着用一年时间去爱一个人。"老狐狸对小狐狸说。

用一年时间？哈哈，这下小狐狸轻松了，这么长的时间，可以挑选一下类型：那种身材修长的，指甲干净的，爱笑的，眼睛亮的，应该是喜欢的。时间这么长，她可以守在一个地方守株待兔，这样她就可以主动了。守在哪里呢？当然是寺院里了。这里人少，不闹，至少可以有个清净的夜晚看月亮。于是小狐狸找了一座寺庙，找到一个最佳窥视来人的角度，给自己找了一个洞，收拾了一个房间，用芦苇给自己铺了一张床，躲在了里面。

不久来了一个书生，这个书生不是小狐狸喜欢的类型，他爱抠鼻子，嗓音也不太好，但他是一个勤奋的人。

小狐狸躲在他身后看他。

他经常发呆，估计他并不喜欢读书。

写信时他走来走去，动作特别多，两眼放光，他一定很孤独吧。

他很爱放屁，一定是经常不能按时吃饭。

有一次他哭了，他哭时真像个小孩子。

半年后，小狐狸见到妈妈，心里不高兴的样子。老狐狸看到她，问："你喜欢上人了吗？"

"喜欢上了。"小狐狸说。

"喜欢上他哪儿了？"老狐狸问。

"他好可怜啊。"

老狐狸笑笑。

"可怜一个人也是爱，但这还不是真爱的爱。"老狐狸说。"他就要去进京赶考了，你没有和他浪迹天涯的野心，就不要打扰他了。如果继续喜欢，你会害了他，这是任何两个人待长久了都会产生的一种感情。你去尝试着爱另外一个人吧。这次我希望你用一个月爱上他。"

"好吧。"小狐狸有一丝不甘。

不几天，书生走了。来了一个旅居的年轻人。这个年轻人黑红的脸庞，意气风发，单是这一点，就让小狐狸喜欢。

小狐狸在背后偷偷观察他。

一个人时他喜欢光膀子，好可爱啊。

晚上睡觉时躺成大字，他喜欢裸睡，好可爱啊。

说话粗嗓门大，从来不把自己当外人，见了人，他就把自己的东西分给别人吃，他以为别人也会像他一样喜欢。看到别人的东西，他也喜欢尝一口，好像很熟的样子。

真的好可爱。

一天，小狐狸见到妈妈，一见到妈妈，她就很兴奋的样子。狐狸妈妈只是抿嘴笑，她等着小狐狸说话。

小狐狸巴拉巴拉说了很多。

"你喜欢上他了。"狐狸妈妈说。

"嗯。"小狐狸不假思索地说。

"喜欢上他什么呢？"

"他好可爱啊！"

"哈哈哈哈哈。"狐狸妈妈一阵大笑。

小狐狸被笑得莫名其妙。

"孩子，喜欢不是爱。"狐狸妈妈说，"你会因为身上缺少什么东西而他有所以喜欢，你也会因为你们拥有共同的东西而喜欢。但这都不是你看到一个人顿时感到生命里有某种强烈的缺憾而喜欢。就像我喜欢你爸爸。所以，你离开他吧，虽然这也是爱的一种，但这不是最好的爱。"

小狐狸眼里流露出落寞的神情，她恋恋不舍。

"不要打扰一个远行的旅人。"狐狸妈妈说。

"有一天他会埋怨你的，他会说你拦截了他的理想。"狐狸妈妈说，"试着用一天去爱上一个人吧，那才是电光火石。"

小狐狸听了妈妈的话，她依依不舍但又有点小兴奋。

什么样的人让她可以在一天之内就爱上呢？他该有多好啊，他身上该有多少让我喜欢的东西啊，说话、声音、笑容、味道、衣着、眼神、口气、习惯、爱好、年龄……这一定蕴含了各种机遇，各种奇迹，各种缘分。甚至昨天晚上吃饭他吃什么都十分重要，万一他拉肚子了，那么我们就不能见面。这见面充满了多少年修来的缘分啊。

"该去哪里找呢？"小狐狸自言自语。

"当然是人多的地方了。"狐狸妈妈说。

夜里，小狐狸躺在床上怎么也睡不着，她为着即将而来的爱夜不能寐，仿佛要来一个大惊喜，仿佛要中一个大奖，仿佛要遇到一个生命里最珍贵的东西。她面红耳赤、两眼发光（后来她明白这就是爱情，以前的东西什么都不算）。后半夜，她实在忍不住了，她起了床，洗洗脸，出门了。她要找到明天人最多的地方，因为只有足够多的人才可以挑起心动来。

毫不犹豫地，小狐狸来到一个小镇。明天这里刚好有集，这是一月一次的大集，这一天附近几十里的人都来买东西，男人们也在这一天会亲访友。小狐狸来到小镇后，在一套瓦房的屋脊上找到一个正对着集市的小洞口，她顾不得挑剔，将一块绒布铺在地下，趴在那儿打盹。

天明了。炊烟飘过之后，街上的人多了起来，小狐狸眨巴着眼睛盯着街上的人，一会儿眼睛就累了。她不得不用小爪子揉一下眼睛，在揉眼睛的时候，很多人错过去了。

"也许这就是缘分吧。"小狐狸想。

一队队人川流不息，小狐狸的心像被吊在树下的秋千，被一张张面貌击打得一上一下。有的动一动，有的飘了起来，有的嗖一下荡七八尺高。她知道这是她的心在告诉她不同的喜欢。她甚至担心，这会不会是妈妈说的猴子掰棒子呢？眼花缭乱地挑了一圈，最后不得已挑了一个一般般的。正在她犹豫纠结，如八爪挠心的时候，她忽然看到一个人，只一眼，她的心就疼了起来。

他的味道是她喜欢的。

他的仪态是她喜欢的。

他的笑容是她喜欢的。

他的眼睛是她喜欢的。

他的皱眉她也喜欢的。

他嘴角的轻蔑她也喜欢。

他躲藏的羞怯她也喜欢。

他掩饰的孤独和迷茫她也喜欢。

小狐狸不由自主地从洞里站起来，瓦碰了头，她忘记了疼。她不由自主地走出洞口，走到屋脊上，亦步亦趋侧着身低着头目不转睛地看他，心一点点抽紧和拉疼。

"看！狐狸！"街上有一个人指着她喊。

接着有一块瓦片投过来。

她本来想优雅漫步，她多不愿意在热恋时、在刚刚认识的、在钟情的男人面前失态啊，但一块又一块瓦片投来。她哀嚎一声，不得已跳到屋脊的另一面。这时恰巧一个土块砸到肚子上，她蹲下来留下两行清泪。

她蹲在那里，头伸向天空，仿佛宁愿一死。

天黑了，仿佛要完成一场告别。

她回到了家。一见到妈妈，就呜呜哭了起来。

"心疼了？"

她使劲点着头。

"委屈了？"

她使劲点着头。

"难过吧？"

小狐狸哇哇哇大哭起来，仿佛全世界的水都洗不掉她的疼。

老狐狸抱着孩子，默默流泪："再狡猾的动物，都逃不过爱情啊。"她想起了很多很多。

最后一个红萝卜

在渥太华，你经常可以在巴士上见到一个人，他怀里鼓鼓的，好像揣着一个珍贵的东西。他不长时间就会偷偷掏出来看一看，让你越发好奇。

有一天，我忍不住问他：

"你揣的是什么呀？"

"萝卜。"

"啊，萝卜？"我大吃一惊。

"萝卜。"他笑笑。

"天天拿着它干什么？"我问。

"它可是我的全部家当啊。"对我的诧异他很不以为然，"它相当于你家里的别墅加上你的跑车加上你的存款加上你的手表加上你的各种皮鞋和衣服。"他认真地掰着指头算，边看着我边说。

"那，我用我的别墅和存款换你的红萝卜吧？"我和他开玩笑。

"好啊好啊。"他高兴起来，激动地看着我，边说话边从怀里掏他的红萝卜。可当他从怀里掏出红萝卜，放到我手里时，他的脸色突然变红了，"让我想一想让我想一想……"他说。停了半分钟，他很果断地挥一下手，抱歉地对我笑一笑，说："对不起朋友。我还是不和你换了，你也许有很多别墅很多车很多钱和衣服，可是我只有一个红萝卜啊。"说着他的脸红了："可是，我好喜欢我的红萝卜啊，我想和你换，但是谁知道你会不会好好珍惜它呢？"

"对不起红萝卜，我竟然有了抛弃你的心了。"那个男人抱着红萝卜，脸红了。

我是你的宝

一、一根草的酬报

我送你一根草。

我又送你一根草。

送你第三根草时，你当着我的面，放到嘴里，吃了。

像咀嚼世界上最好吃的食物。

你说，"我嫁给你吧。"

我吃惊地看着你。阳光如金色的沙子哗哗地突然砸在我的头上。我的心像拽不住的小鹿，噌噌地撞击锁骨。我说，"这怎么可能？""这怎么可能？"

你说，"从你给我送第一根草时，我就喜欢吃草了。"

你说，"我知道你的钱只够买一根草。"你调皮地问我，"你几天没有吃饭了吧？"

我的脸红了，我问，你怎么知道？

你伸出手，按住我的胸脯，盯着我的眼睛说，"它告诉我的！"

我闭上眼睛，头晕目眩，双眼热泪涌动，"啊，上帝，饶了我吧！"

我们结婚了。

结婚了，我什么都没有，我只能给你唱一首歌："人家的闺女有花戴，你爹我钱少不能买，扯上了二尺红头绳，我给我喜儿扎起来，唉，扎起来……"

爱人，你听到我歌声中的凝咽了吗？

二、掉到怀里的玫瑰

那天，我站在阳台上，忽然，掉到怀里一朵花。

那天，我坐在黄山上，忽然，掉到怀里一朵花。

那天，我走在天安门广场上，忽然，掉到怀里一朵花。

那天，我睡在垃圾丛中，醒来，看到怀里一朵花。

第一朵花是黄玫瑰，啊，我忧伤的黄玫瑰。

第二朵花是白玫瑰，啊，我纯洁的白玫瑰。

第三朵花是黑玫瑰，啊，我黯然的黑玫瑰。

第四朵花是红玫瑰，啊，我炽热的红玫瑰。

那天，我遇到你，我忽然觉得，你飞起来了，飞得很高很高，我仰着头看着，看着你一点一点消失在天上，我揉着涨痛的眼睛正要低头，你忽然就落到了我的怀里。

你的衣襟抚动我的发梢，你的双手从上到下抚过我的双颊，你的双脚顺着我的领口插进我的怀里，你温润的肌肤轻轻贴住我的胸膛……天哪！我的胸膛瞬间鼓胀与饱满。那种晕眩的、胀痛的、迷醉的、爆裂的、炽热的、寒凝的、气绝的、逼仄的、洞穿的、粉碎的、欲仙欲死的、嚎叫与唾手而弃的十万种死去活来的感觉在一瞬间尝遍。

你轻轻地照我脸上吹一口气。

那是荷的清香夹杂着地心的清凉的一口气。那口气来过，我醒了。

我问，你是谁？

你说，我是你怀里的一朵花！

我哭了。我的花，我的爱，你的第一句话，就让我知道，你那么了解我，你是那样给我虚荣！其实，你哪里是掉到我怀里的一朵花，你知道的，你是我一万年来求来的。在一万年前，我把脚劈成柴，供玉帝烤火，五千年前，我将手熬成蜡，供在佛祖面前点灯，在三千年前，我将心捻成尘，给一粒种子做铺……我求，我哭，我的血化成雨，我的泪化成雪，我的一张脸化成纸——在风吹来的时候护住你，才求来你今天落到我怀里呀！而我仅仅求你，求你陪我待一天就行！

花，花，我怀里的一朵花。

花，花，我怀里怎么一直放不下？！

三、草根下的宝石

我趿着一双草鞋。从四面来到八方，从天高来到地阔，从易水来到兰阳。我困了，躺在丝绸般铺展的悲悯的浮花的大地上。

好长好长的梦啊，好迷离的沉醉，好幸福的遗忘，好自由的开放，好自觉好舒畅的绿色、生机、精、气、神的注入。一觉醒来，我浑身通泰。

想翻滚，想嚎叫，想亲吻每一寸土地，想埋在花海里。也许，也许，我可以和花订一个契约，让我身下的这片花离开，让我身子不伤害一丝生命。那么我就可以躺下来，在花丛中死。

我不能覆压那些花，那是多么美丽的生命。它们，它们看着我我就足够幸福了。我知道花会歌唱，在夜里，在它们想唱的时候。

突然，我感到我的头下有东西从土里钻出来，我还没有来得及起身，它就锐利地锥击我的头皮。

我翻身坐了起来。

我看到，一个晶亮的宝石，坐在草根下，看着我，笑。

"嘿！"宝石对我说话。

"嘿！"我回应它。

我走惯了奇谲的路，见怪不怪了。

"你是谁呀？"我问。

"我是你的宝啊。"宝石笑一笑，盯着我的眼睛说。

"我的宝？"我反问。

我笑了。

我抽出脚下的草鞋，拿起来，两个被长路磨破了的草鞋有两个大大的窟窿。我把两个草鞋贴我脸上，窟窿里露出两只眼睛，我笑着说"我的宝是它！"

宝石笑笑，它认真地盯着我，看我笑够了，说，"我真的是你的宝，不信，我问你几句话你就知道了。"

我说，你问吧。

它说，你看我一眼，认真看一眼。

我看它一下，很快躲开了，它的眼睛那么纯净明亮。

它说，"你要认真看我一眼才是。"

我聚起精神又看它，看着看着，脸红了。我觉得从脸到脖子一阵阵翻起红浪。

宝石说，"现在，你把手放到心上，看着我，回答我的问题。"

我把手放到心上。

"看到我，你心疼吗？"宝石问。

它的话还没有落地，我的心就疼了。我强装笑颜，但是心却像被尖锐的玻璃划过。我的脸一阵白紫，一阵青苍，一阵潮红。

宝石问："你握一下我的手，看看是不是感到平静幸福？"

我踉踉地向前挪动，握住它的手，我感觉它的手好温暖啊，我不敢看它的眼睛，所以我索性闭了眼睛，这时，我感到从未有过的幸福和平静。

宝石说："现在你丢下我的手，看看是不是感到很空……过一会……你感到骨头像散了架……你觉得肋骨少了……少了很多根……你的胸膛感到没有力气。"

我丢开它的手，一会儿，它描述的感觉就来了。我惊慌失措，赶紧抓住它的手，盯住它的眼睛。我知道它可以给我幸福和力量……但是，我看它一眼，就又害羞了。我再次闭上眼睛。

"现在，我问你，"宝石说，"就这么闭上眼睛，你愿意跟我走吗？"

"我愿意，愿意！"我赶紧点头。

宝石笑了。

"其实，我是一朵花，一朵普通的花。"宝石说。

说完，它变成了一朵花。

变成花的宝石真的很普通，在一片花海里，完全没有什么特别，但是，我还是一眼认出了它，一下子抱住了它，我不敢再松一下手，我喃喃自语：

"你不是花，你不是花。你是我的宝，你是我眼里的宝，心里的宝，命里的宝……没有你，我的生命会虚空和疼……"

四、当芦苇遇到花

你是我骨中的骨，肉中的肉；你是我的晨昏、日月、阴晴；你是我的成长、期待、梦想；你是我仰起脸的开放、低下头的厚朴；你是我冷时的拥抱、温暖时的亮翅；你是我风起时的紧张、梦醒后的疼挛。

我知道许多爱情故事，我知道牡丹花和牡丹树怀着同样坚贞神圣的信念，互相抛弃了对方。不，我们不能叫抛弃，他们是在互相支撑中，因疲倦而相互厌弃最终走上死亡。

牡丹树一直不敢说，它的心太大了，承诺太多了，所以它托起的是瑰丽虚荣繁华的牡丹花。

牡丹花也不敢说，干嘛给我那么多不能实现的承诺，没有精神，就不要托起奢华，所以它在失落和感动中给牡丹树以安慰，它开起它能力所达到的最大的花朵，让路人一瞥中给牡丹树以赞美。

短暂的因缘过去，牡丹花变成了尘，尘随了水，来到河边，河边有茂盛的芦苇，芦苇的歌唱和芦苇花的舞蹈让尘惊奇和羡慕。它讨教芦苇和芦苇花幸福的秘密。

芦苇说，我要长高，才可以让我心头的花不被水淋湿。

芦苇花说，我要求得渺小轻盈纯洁，才可以让芦苇最少地浸在水深火热里。

尘羞得沉入了河底。

所以世界上最美丽的歌唱是芦苇的歌唱，世界上最美丽的花叫芦苇花。

芦苇花又叫梦中的花朵。

五、尘世中感恩的祈祷

我的神啊，你让我爱上一个人，就是你恕了我过去的罪。如果你没有恕我的罪，那就求你让我在夜里疼痛，但你不要让我的呻吟惊醒了我的爱人。如果你不愿意，那就要让我远离我爱人时疼痛，但不要让我疼死，因为我的爱人瘦弱，她需要我夜里和冬天给她暖脚。

我的神啊，你让我爱上一个人，就是你觉得我的爱人是可爱的。你就要天天在我头顶启示我，当我疲倦时，你给我力量；当我愤怒时，你让我声音喑哑；当我软弱时，你就用敲打男人的锤子敲打我的骨头。

我的神啊，你让我爱上一个人，求你将砖头放得近一些，因为我要给我的爱人盖房子。我的身子不足以给她取暖；求你将苹果放的近一些，我不吃，但是我的爱人需要面色红润；求你让我们家的麻长高，猪羊长得又肥又壮，因为我要给我的爱人织布，我要给我生育的爱人熬汤。如果你不能将砖头放得近一些，不能让我们家的麻长高，猪羊长得又肥又壮，那么你就让我像马那样跑得快，让我像驴一样有耐力，这样，我可以更多地耕种和收获。

我的神啊，你让我爱上一个人，求你让我们白头偕老，因为不管没有谁，地上地下都会不眠。如果必须一个人先走，求你让我先走，但是你要保证让她忘记我的好，保证再给她找一个比我好十倍的男人。

我的神啊，你让我爱上一个人，就求你让我变成一个完美的人。求你让我光亮坚定，求你让我智慧喜悦，求你让我一年365天宽厚仁慈。如果你不能让我完美，求你让我爱人生我的气时明白，我闭着眼时也在爱她。我永远不会厌弃我的爱人，即使她生病困厄弃智。如果我冲撞了她，求你在她耳边告诉她我爱她并让我吻去她眼中的泪，如果我背叛了她，不管什么理由，我的神啊，求你让我在她面前一节节烂掉。

我的神啊，你让我爱上一个人，求你验证我的每一个诺言。求你给我爱的宗教，让我洁净；求你给我智慧，让我丰富；求你给我健康，让我给我的爱人每天做一汤一水。

我的神啊，你让我爱上一个人，就不要讨厌我的贪得无厌。如果你觉得我贪得无厌，求你把我来世的福挪到今世，把我来来世的福挪到今世，你可以把我一万世的福挪到今世，如果还不够，你也不要厌弃我，求你在我死后，让我进炼狱，偿还你的债。

2006年5月24日

小女孩与樱桃树

　　一个小女孩，她经常梦到樱桃树，她站到樱桃树上，一束一束地往树下扔樱桃，地上的樱桃堆成了一座一座红色水晶的小山，男女老少坐在那里吃着樱桃，欢声笑语，小女孩却听不到他们在说什么。她感觉树并不高，但当她低头往下看时，却感到距离那么远，她像在云端里，只看到窃窃私语，却看不清他们的面容。她是给他们摘樱桃的吗？好像是又好像不是，当她停下时，下面的人并没有催她，于是，她抬头静静地看山，远处的石头像一排排白色的大兵，向山头方向奔去，又从另一个方向奔下来，他们忙忙碌碌，又不知道他们在干什么。是奔跑吗？仅仅满足于奔跑这个过程？是打仗吗？为谁打？胜利了还是失败了？远处的铅皮小屋像一个神秘的宫殿，但那个皇后显然老了，没有衣着鲜亮的仆人，也没有闪闪发光的卫队，铅皮屋顶闪闪发亮，像大海中飞来的一片海水，海水连着天，像向天上倒流，天空中布转着万般形象，却没有重量，这时树下传来一阵喧闹声，小女孩向树下望去，却见一群雀跃嬉戏的孩子在光影中浮动，像是在大海中游泳的人群……

女孩子看着这一切，痴迷，安恬，忧郁，幸福，直至她睁着眼睛醒来。

她看到，天花板上，云彩沿着墙壁向四周流动……

女孩子叫嘉宝，葛丽泰·嘉宝。

1905年9月15日，嘉宝出生在金黄与蔚蓝参差的斯堪的那维亚半岛。这天，一片枫叶从天空飘落下来，枫叶穿过阳光，带着黄金的尊贵和夕阳西下神秘忧郁的气息，翻几个身，飘落到一个叫卡尔·古斯塔夫的家中。枫叶旋转、舞蹈、起落、曲曲折折摇摇曳曳，充满心惊肉跳的敏感和调皮嬉戏的心事，从天空到树枝到卡尔家里。此刻，他的妻子正在分娩，这片叶子悠悠扬扬在卡尔的屋里的床头、柜台、窗帘、沙发、餐桌、马镫上窥探一遍后，抬头看一眼屋内，叹口气，落到新生的婴儿手上，而婴儿，闭着眼睛抓住了它。

母亲看一眼婴儿，困倦地睡着了。

父亲惊慌地低下头，想从婴儿的手中夺去那片枫叶，可婴儿的手抓得那么紧。

"主啊！"父亲虔诚地向神祷告，惊慌又安静地叹口气。

1905年9月15日，一个叫葛丽泰·洛维萨·格斯塔夫森，日后叫嘉宝的女孩和上天签订了命运之约，上帝聘请嘉宝用一生给美代言，让美跳出语言学的含义，让美生动、可见、可及，并免疫于时间和人类，同时做好美的一部分，她要享受寂寞、忧郁、孤单、忧伤。

怕嘉宝反悔，上帝认真地在她的脸上盖下印章，也许上帝太喜悦了，他紧张地一连盖了两次，嘉宝神秘的眼睛，就是那个美丽的戳记。

带着上帝之约，嘉宝来到了人间。

一切都准备好了，最先来的是生活。生活？什么叫生活？想到这个大而无当的词我就笑了，活着就是生活，对于嘉宝来说，生活是嘉宝衣架上那条丝巾，只有当嘉宝围住它时，它才有了精神，并因了嘉宝熠熠生辉。上帝为了让嘉宝的美显得单纯、直接，让她选择了贫穷的生活，这样，嘉宝才是拙笨的、羞涩的、紧张的、恐惧的，她也才是敏感善良的。因为贫穷，她在最朴素的物质生活里咀嚼出了丰富。而她的美丽是天然的、生动的、丰富的，于是，她用敏感拙笨和羞涩给自己筑了一道墙，而嘉宝在墙后，成为风景。

上帝按照自己的意志将嘉宝的美丽徐徐展开，机遇、奇迹、幸运，像天生的一样，尾追而来。嘉宝像一只完美的兔子，警觉而又拙笨地接受一切。爱情是不会少的，1924年，她遇到了斯蒂勒，这是上帝为她量身定做的男人，他一眼就看懂了嘉宝的美，而且非常怜惜她。他宽容大度，从来不生嘉宝的气，不管从影之初的嘉宝多么笨拙，内心里又多么任性。他骂她骂得多么厉害，但从来不悲观丧气。

他是一个天才的导演，他按照自己的意愿恰到好处地塑造她，他们合拍了决定嘉宝命运的一部电影《古斯塔柏林传奇》，这部电影让嘉宝在瑞典、德国都大受欢迎，并凭着这部电影，他带着她从斯德哥尔摩走向柏林，又从柏林来到纽约，从纽约到好莱坞。

幸运是接踵而至的。不管阴差阳错或者恰如所料，嘉宝在随意中、在自然、天然的接受中，天生一般中展现了她的美、她的卓绝、她代言的世界、希望的世界。甚至，为了展示她的美，展现她内心的丰富，早在50年前，托尔斯泰就给她写好了《安娜·卡列尼娜》。早在100年前，大仲马就给她写好了《茶花女》。也早在20年前，爱迪生发明了电影、灯光。许许多多的母亲给她生下了足以让她展示自己美丽的导演、编剧、灯光师、录音师、剪辑师……甚至希特勒的母亲连希特勒都给她生好了，不过，那是一个笑话，希特勒非常热爱她主演的《茶花女》，她是这个世界上唯一可以不受搜查见他的人，但嘉宝说："我要劝他休战，不然我就把他杀了。"这句话，让一些人试图策划让希特勒和嘉宝见面。甚至让她身上的缺憾也成为时尚，她沙哑的声音让人想象成圣母玛利亚疲惫的声音，她的瑞典口音的英语让人感到大西洋阳光充足的味道，她和卓别林、米老鼠成为世界上最受欢迎的演员，她被称为"哈姆雷特以后最忧郁的斯堪的那维亚人"。

嘉宝太美了，她脸上总是焕发出一种安详、皎洁、清澈的光芒。她独具几乎非人间所有的禀赋——力量、尊严和光辉。她的表演格外优美，具有非凡的创新精神与活力。她为人们勾画了一个无尽的想象和思索的空间。她的眼神、嘴形、指法、步态等等都是别样的语言，她演了很多默片，但这恰恰可以让人"听"得更多……她的个人魅力和表现力能够超越故事本身；她所扮演的是人类社会中的一个人，而不仅仅是某个故事、某个角色。她在找寻自我的每一个分支，也在帮助大众找寻……她和观众之间产生了一种默契的关系。

嘉宝真的是太美了，于是，生活必须以美丽收场。这个世界上还有什么比隐居更美丽的呢？难道要嘉宝风烛残年给某个后辈捧场？难道要嘉宝落到黄金窟里天天数金子？难道要嘉宝拽着名利忐忑不安年老了过季了上蹿下跳？如果这样，那真不是嘉宝了。其实，从登上舞台的第一天，她就开始隐居了。你听：

"请让我一个人待着。"

宿命的是，在她的每部电影中，你都能找到这样一句台词。

但是，人们愿意以另外的形式猜想她的隐居，不然，人们怎么能够忍受她不期然、毫无理由的离开呢，于是，嘉宝离开的理由像一个温暖的有启迪的民间故事，在众生中流传：

一个阴雨霏霏的黄昏，嘉宝拍完戏，从片场跑到一家医院。她要探望她的好朋友莫妮卡，莫妮卡刚刚做了母亲。走进莫妮卡的产房，她看到躺在摇篮里的小家伙攥紧双手，不停地挥舞着，不时哇哇地大哭。可爱的新生命让嘉宝心情一下子变得晴朗。恋恋不舍地和莫妮卡告别后，嘉宝走出了产房，这时，她看到一个灵车被推着从走廊里经过，后面紧跟着一大群哭哭啼啼的人。原来，一个钢铁大亨刚刚因肾病医治无效而死。不经意间，嘉宝瞥见了死者悬着的一只手。突然，她的心电击般地抽搐了一下——

巨大的震撼让嘉宝辗转反侧。不久，嘉宝宣布息影，这是1949年。

"我的心，不习惯幸福。"

"不要问我电影的事，尤其是我为什么息影。"

"不要问我问题！"

隐居后的嘉宝过着越来越简单的生活，她也越来越臻于隐居的真意，越来越幸福。

天空中一直有一颗樱桃树，嘉宝经常梦见它，樱桃树青枝绿叶，温柔的像绸被，像上帝栽到孩子心中的礼物，她在嘉宝每一天的梦里，摇落爱。

梭罗：和一朵云说话

很多人都听过梭罗的一句名言：如果我真的对云说话，你千万不要见怪，城市是一个几百万人一起孤独生活的地方。

这句话太有名了，让很多有文化的，没文化的，装作有文化的人都愿意拿来炫耀，以便代表点什么。一些人没有一点隐居之心，他以为隐居就是躲钱债，躲情债，他们习惯在喝很多酒的时候掏出梭罗，像掏出他们家的手机，边展示边炫耀。我经常见到出口成章的人，言必古诗，咏必宋词，酒桌上语音深沉谈隐逸之志，内心却挂着锱铢。一想到他们我就会笑。隐逸的人会是这样的吗？隐逸的人该是木讷的人，他们笨拙，羞涩，拘谨，恐惧人群。他们宁愿和狗待在一起也不会和大部分人说话。他们习惯远眺，习惯走路，习惯用河水泡脚，习惯躺在树下睡觉。他们习惯在夜半披衣坐起。他们随手记下感想却不习惯写文章，更不习惯写长文章。他们喜欢童话，喜欢树木（不喜欢花草），喜欢看任何动物谈恋爱。

话说远了，让我们继续说梭罗。

你们知道梭罗和云说话，你们知道梭罗和树，和水，和小路说话吗？

"我喜欢树，胜过喜欢人类。"

"我喜欢树，因为它从不说话。风逼急了，它也只会拍着手，不成曲调自得其乐地唱歌。"

"树从来没有是非。"

"如果你边走路边数树，数不到100棵你就乱了。因为无论你多么认真，你都会被树的快乐冲淡，这时你就忘记了你在干什么。"

"世界上没有一棵树是丑的，他们从来不弯腰讨饭，也不弯腰捡东西。"

"那些生活在城市里的树是最痛苦的，他们要听那么多声音、那么多废话。他们喜欢安睡却又要面对那么强的灯光。他们是大自然的弃儿，被人类拐卖后被扔在城市最贫瘠的土壤里。"

"树的心里那么干净，所以他的头发都青翠欲滴。"

······

这些话都是梭罗对树说的。它被记录在《风，梭罗说事》里。当然，如果有一天人类成功解读磁场，在梭罗走过树林的每一刻里，都有一片一片磁场在风中飘，你可以抓一片下来搓到手心里，一点一滴品咂梭罗对树的美好感受。

梭罗也特别喜欢水，他说："水多么好啊，他总是不做没有灵魂的事情，他的灵魂总是和他如影相随。他高兴的时候，它的灵魂有光，不高兴的时候，也有光。"

有一天梭罗去湖边洗衣服，他感慨："水从来不洗自己，他洗别人，当他被别人弄脏后，散散步，溜一圈，就干净了。"从这一天开始，梭罗喜欢散步就更有理由了。梭罗特别喜欢散步，他觉得散步就像水一样可以把自己的心洗干净。他也在散步中体会水的婉转。水是在流动中落下河的，他也是。

说梭罗和水，一定要提一件事，梭罗写的最短的一篇文章，是写水的，这篇文章叫作《一潭清水》，文章是这样写的：

"一潭清水，坐在草地上，仰着脸，看天。"

很多人问他文章为什么写这么短，梭罗从来不解释。后来，他在一次谈话中说，关于水，我不知道能说什么，只有深入它，沉进去，我才可以知道它，但那时，我已经死了。

梭罗对路的喜欢简直无法用语言形容，路是他生命里的朋友，他的亲人。他说，如果夜里在树林中寻找路径，用脚比用眼睛强。只要是和路在一起，他就感到拥抱。只有在散步中，他才有灵感、喜悦，只有在散步后，他才可以写文章。如果把他关在屋子里，他是一个字也写不出来的。

有一个故事是说梭罗和路的。

梭罗能够用脚步测量距离，他用脚步比别人用尺子量的还要准确。一天，梭罗和朋友散步，朋友说，都说你是测量天才，你猜一猜这条路从这棵树到那棵树之间有多长。

"108步。"梭罗回答。

"小路，来。"梭罗喊一声，小路转过头来，于是梭罗迎着走过来的路一步一步量起来，到107步的时候，眼看着有两步的距离，可是路一打弯，刚好成了一步。

朋友佩服得五体投地。

其实这真不算什么，下面这个才叫神奇呢。

有一次，梭罗病了，这次他病的时间那么长，以至于让路都忍不住想他，而且忍不住疯了起来。一天夜里，趁梭罗睡着，路把梭罗拖到了树林里。

梭罗醒来后，吓了一跳："我怎么在这里啊？""是我，我太想你了！"路说，"你再不来，我就要疯了。"路说着，抓起了长在头上的小草，梭罗一看，笑了，是啊，仅仅几天，小路白净的脸上长起了一片一片绿色的毛茸茸的胡须。

他抱起路，也原谅了路的冒昧。

因为和路最亲近，梭罗最美丽的文字是写在路上的，这些文字那么长，以至于世界上最大的纸张都装不下，所以这本书到现在都还没有出版，我们也没有机会读到它。他写的关于路的文字，总是那么美：

"小路那么长，长得空无一物，于是它托起了太阳让我看。"

"赤脚走在路上的感觉是那么美好，只有走在天鹅绒上的感觉可以和它媲美。"

"我的脚所走的每一步路，都是我必须走的，而我的脚是那么喜欢路，它一直走在路上，就像灰姑娘坐在南瓜车上。"

"读一首又长又美的长诗多么难啊，写一首就更难了，但是，路轻易就可以做到，它让自己在每一个人心中成为不同的诗。"

"每一次，我都感觉披着厚厚的铠甲出门，一走到路上，我就感到鞋是多余的，外套是多余的，内裤是多余的，到后来我甚至感到头发都是多余的，我现在感到我赤身裸体走着，融化着，走进光明和隐居中。"

塞林格是谁

2000年1月，元旦刚过，美国白桦林协会将塞林格评为"最不打扰树木的人"。不久，美国枫树协会将塞林格评为"最会和枫树说话的人"。5月，美国小路协会评塞林格为"最不践踏小路的人"。不要惊叹，更加惊叹的还在后面呢，让人意想不到的是，"枫树协会""白桦林协会""小路协会"的会员不是人，而是树，是路。他们评选的方法很简单，就是将候选人的照片送到一棵棵树前，如果树鼓掌为他微笑，他就入选了。如果欢乐自然的树木看到候选人的照片突然紧张，脸色乌青，对不起，你是一个让树讨厌的人。

小路协会的评选过程大致是这样的，他们将候选人的照片在黄昏时放到小路上，"如果小路将照片卷起来，把玩它，面带喜悦，那无疑就是喜欢这个人。如果小路看到候选人的照片慌乱地扔到田里去，不想见他，躲闪不及的样子，显然，他落选了。"

"这是一个果敢的、睿智的、有纯良品质、懂得生活真义和幸福本质的男人。他像一个骄傲的麦穗，在星光和雨水下成熟。他高举着锋利的麦芒，却包裹着仁慈绵密的心。"紫丁香在给塞林格的颁奖词里说。

"紫丁香"是一种植物，这个颁奖词是紫丁香最喜欢的，很多人写了很好的颁奖词，他们放到紫丁香树下，紫丁香看到后，掉下一片花瓣落到了这个颁奖词上。

杰罗姆·大卫·塞林格。1919年生，2010年去世，美国人，32岁那年，他出版了小说《麦田里的守望者》，这本小说让塞林格一举成名，主人公霍尔顿成了"垮掉的一代"的象征，这部小说是美国20世纪最伟大的小说之一。但是成名反而让塞林格更加寂寞了，不久，他在新罕布什尔州乡间买下了90多英亩的土地，在山顶上建了一座小屋，过起了隐居的生活，直到去世。

而事实上，塞林格一直不知道自己是谁。小时候，只有家人喊他时，他才可以确定他是一个人，他的名字叫塞林格。当他确认时，他瞬间陷进失望中，因为一旦确认了自己，现实中的不满就水一样包围过来。而刚才，在家人喊他以前，他正以一个无名的自由的梦游者的身份享受梦想和散漫呢。后来，他成了一个少年，他用一些成长的、希望的、美好的词语贴到他的身体上，以便让他鼓励自己，让他爱上自己，可是，仅仅过了一天，或者是一个夜晚，他发现另外的一些词语更加适合他，他非常讨厌自己。15岁时，他被父亲送到宾夕法尼亚州的一所军事学校，在这所学校里，他发现一切都不确定，到处是"假模假式的伪君子"。以后他先后进了三所学院，但每个学校都没有毕业，因为他厌恶周围的一切，他与正统的行为规范格格不入，对教育和学校生活既反感又厌倦。他讨厌老师、同学，甚至讨厌自己。他不知道自己是谁。后来塞林格从军，他被派往欧洲战场从事反间谍工作，这更令塞林格恐惧，"间谍"与"反间谍"、正义与邪恶、好与坏，几乎就是正反面的不同。在这里，他更难确定自己了。后来，他写了《麦田里的守望者》，他想，这么多文字应该可以把自己围住了吧，可是当他写好后，他感到，他被他自己的词语包围了，他觉得他的表达并不准确，他写了那么多文字，本来是想表达准确的，但实际上带来的是更多的歧义，他依然非常苦闷。苦闷中，总是会有一个个小小的词语带他突围，他以为突围后可以找到更宽阔的语言，但突围后，他被广阔的无语的寂寞吓住了，他发现，他越构建语言的城堡，越被更多的语言、更大的寂寞连累，他也越陷入更大的挣扎。终于有一天，他选择寂静。

隐居的59年里，塞林格过着怎样的生活？他一直写文章吗？他写过什么文章？他在想什么？他什么都不想吗？他最爱谁？为什么爱他？他恨过谁？隐居时还恨吗？他爱过谁？爱过几次？他生过病吗？他生病了会不会像我们一样沮丧？这些疑问一直以来悬吊在许多人的心中。1999年，美国一个小学生坚定地认为塞林格是被"花妖"迷住了，并且说他是不会生病的，如果生病了喝口露水就会好了，而且他认为塞林格是不靠吃饭也可以活着的人。为此，他还给塞林格写了信，小学生还在信中夹了一块巧克力，告诉他这是回答问题的报酬，一定要塞林格回答他的问题。塞林格回寄给小学生一篮子野苹果，并附一封信，不过信纸上并没有写字，而是贴了密密麻麻的小花，这封信是如此奇特，以至于不管将它放在什么地方，都会有蜜蜂、蝴蝶闻"香"而来。小学生看到这，干脆把它当成了捕捉蝴蝶的诱饵。可惜的是，有一天上午，他把这张纸放在凳子上，一阵大风后，信被刮走了，小学生追了半天，眼看着信被卷到了一个湖里。小孩子是多么后悔啊，以至于他现在想起来都十分心疼。现在，他只有把这件事当作没有发生过他才不心疼，为此他写了一篇童话，童话的名字叫《当世界年纪还小的时候》。

　　塞林格是谁？这其实是一种悖论的存在。有一种叫日光千里的树（我知道你不认识它），小时候它是一种菜，人可以吃；大一些它是草，羊可以吃；再大些它成了树，虫可以吃、鸟可以吃、结的果子小猴子最爱吃；再大了它变成了日光，沿着它可以爬到天堂。这种树你不可以叫它"菜"，不可以叫它"草"，不可以叫它"树"，你甚至不可以叫它"日光千里"。你每喊它一个名字，就遗失了它另外的部分。它的生命在每一个过程里，它在过程里成长、自足、圆满、幸福，而幸福的出口就是忠实于生命的直觉，用"无"消去过去的"有"，遁于生命最狭隘也最宽阔的自由。

江湖上，流传着塞林格的很多书，一个叫"酒上阑干"的美国朋友信誓旦旦地说，他有一个朋友藏有塞林格后来写的书，我要看，他说，塞林格的个性你不知道啊，他不会同意流传的。这倒是真的！在我的一再要求下，他给了我作品的题目：《蛙》《舌尖燃开空气》《拥抱一棵枫树》《与清风书》《拔断舌头再谈自由》《像呼吸那么长、像呼吸那么短》。看到这些题目，还真是无语。我得到一个确切的传说是，塞林格确实写了很多文章，而且他将这些文章用鹅毛笔写在了树叶上。他有一个习惯，他总是随手捡拾树叶，随手将这些树叶丢在一旁。写作的时候，他随手拿起笔写在随手拿起的树叶上，写好后他随手放下。当他写好后，已经是几周或者几个月以后了，这时，他看着一堆写满了字的枫叶，按枫叶不同的颜色分类，然后扎起，用不同颜色的绳子捆住，装订，阅读修改……由于他实在太随性，想起什么就写什么。由于他是按树叶颜色而不是写作顺序装订树叶，所以，回头看时，他总是不知道他在写什么。而他，乐于此。

写下表白给小精灵听

一、感谢

女儿，你是上帝对爸爸今生最丰厚的恩赐。

如果从偶然里，甚至从生命和科学的招牌里讲，今生我如何遇到你妈妈，然后十月怀胎，然后，有了你，那是恶俗的。可是，怎么就生了你呢？怎么就是你呢？怎么就那么充满了情节、意蕴、妙趣、色彩、喜悦、爱情、神性和灵光呢？！刚才，我还不知道你是谁，什么样子，而就是你打扰了我，正敌视你呢！可是不知不觉间，你就成了我的朋友，不，成了我的心肝、太阳、影子、拷贝、老师、审判者、头顶的星光、心灵善良的部分……也从此，爸爸开始了凝望、牵系、忧虑、心疼、珍惜、兼爱、宁静、忏悔、叨念、感动，以及流泪。女儿，是你让爸爸楚楚可怜。你用天真质疑我，你用无暇映照我，你用善良诱导我，用纤细的爱心引发我，用真实的无畏碰撞我。女儿，你真的是我的恩人和老师。就冲着你教我这么几年，这么言传身教充满耐心，如果不学好，我真的是忘恩负义背叛了你呢！

感谢，女儿，有了你，我感到世界如此地仁慈和充满了希望！

二、凝望

我喜欢在你睡着之后静静地看你。

有了你以后，我一直醉心于这样一个游戏：在爸爸深夜殚精竭虑地思考的当儿，忽然，脑子就空了白，爸爸想到了你。于是，不管是你睡在哪个屋里，和爸爸离多远，爸爸都会悄悄走到你的身边，悄悄拧开床前的台灯，举着它，认真地看你。爸爸喜欢你睡着时的神情。你的脸庞白皙而红润，嘴巴坚毅地闭着，小鼻子单薄精巧、骄傲而有个性，睫毛黑又长，象征简单美丽又像拢着一个梦。你的神情纯洁而优雅，那是只有天使才会有的模样。看得出神的爸爸这时会忍不住快乐和好奇去逗你，捏你的鼻子，抚你的眉毛，鼓起嘴巴向你脸上吹气。爸爸想把你弄醒，看你生气的样子。而当你翻了一个身，脸上现出痛苦和不耐烦的表情时，爸爸就害羞地住了手。女儿，这个游戏虽然是独角戏，但它真的让爸爸好快乐好幸福。

凝望中爸爸有百看不厌的陌生和美丽。有时，爸爸会有忽然的惊奇和发现，鼻子怎么那么丑，昨天不是这样的吧，好在眼睛很漂亮！过几天，又觉得眉毛不漂亮，委屈了这么美的鼻子和眼睛。再过几天就觉得一切是原来，而原来是什么样子，爸爸左思右想就是想不出来。女儿，你的脸上有永远的圣洁与妩媚，有爸爸轻易进入的生动和永远都走不出的神秘。爸爸永远想知道为什么爱你，爱你什么，你是什么。可是你是一本神秘的书，越打开越厚。

而爸爸就是喜欢这样：在夜里，在每一个可能的时机里，怀着依依的心情，读你。在一种纯粹的世界里，在一种温馨圣洁的世界里，和你交流。以游戏的单纯和快乐开始游戏，却不经意在女儿通体的素洁和光辉的逼迫下，让爸爸归于神秘与敬畏。

从此后，在远离女儿的日子，当爸爸想起女儿，深情凝望时，任是谁，都可以看出爸爸眼中深深的爱。

三、牵挂

没有来由，爸爸一天天变得惜命、谨慎、多愁善感，并且莫名其妙地追求起功名来。更加可笑的是，曾经有一天，我郑重其事地写起了遗书。最重要的章节，女儿，是对你的牵挂。

是你改变了我对世界的态度。

我独来独往、超然物外，我敢爱敢恨、傲啸市井。我渴望不羁与奔腾，不恋玉笏、金樽、峨峨山寨。我几乎无懈可击已经钢铁般地站起来了。可是，有了你。你是我在这个世界上的最大牵挂，是我袒露给世界最柔弱的部分。一提到你，就像一记重拳击向我柔弱的下腹部，我摇摇晃晃着站稳后，诚恐、恍惑、沉重、谦卑，不敢再有丝毫的倨傲。

女儿，我愿给你争取到世俗的幸福，纵然世界是奥吉亚斯的牛圈，我也甘愿坚守其中，不存一丝逃逸的意念。诚恳做起清扫世界的苦役。

而当我累了，当我忽然间平静，觉得心一点一点发紧，眼睛里储满温柔和泪水时，女儿，我就是想起了你。不管你在隔壁，还是在千里之外。

四、敬畏

女儿，有你以前，爸爸喜欢看天上的繁星，有了你以后，爸爸常常沉浸在对你的观照中。

是你让我一点点感受到了对生命的敬畏。

爸爸的世界是粗粝而浮躁的。有注定的流放，有生存的磨难，有力的张扬和创建者的傲慢。更多的是生命悲剧的认定和甘心的受难。

不知哪一天，爸爸就碰伤了你。当你春光的脸转阴，泪眼婆娑，两行泪珠直直地挂下，一双无辜的眼睛盯着爸爸。爸爸就会忽然地顿首和痛悔，女儿有什么错？生了你就该有你阳光的空间，这才叫人道啊！爸爸在一次次碰伤你后，一点点收缩锋利。爸爸不是退缩，爸爸需要学会的是人道和智慧上更多的膨胀和张扬。

是你让我感受到了许多东西，女儿。你的出生，是今生上帝邀我参与的一次神秘创造，我感恩与敬畏；你艳丽如花、如火、如晶莹如荷的露珠、如三月土地的鹅黄的生命，我珍爱与敬畏；你细致茂盛如春草的成长，让朴素的小麦与土豆因了参与你的成长充满灵光，我感慨与敬畏；你不知道上帝却直通圣洁，脆弱的生命甚至不如一株小草，却敢于用善行和阳光的微笑给野蛮的人类布道，我感谢与敬畏。而当爸爸又擦伤了你，爸爸知道错了，给你道歉，你高兴又坦然地告诉爸爸："爸爸，我可以原谅你。"这时，爸爸简直对你这小小精灵尊崇得五体投地了！

五、圆满

女儿，是你让爸爸从做爸爸起学做儿子，又从学做儿子开始学做爸爸。

每次爸爸想到你，不管是忽然的风起，抑或忽然的雨滴，甚至仰头的烟云，有时什么都不因为，就是爸爸劳烦中的一段闲适，爸爸就想到了你。于是爸爸就有深情的惦念和对往昔日子张皇的回顾。这时爸爸会忽然想起，小时候，我的爸爸妈妈也会这样啊？！他们也是在忽然起风的惊慌失措中，扶大了今天我这个儿子。

于是，想到我是爸爸，我甜蜜而满足地微笑。想到我是儿子，我痛苦得无法自持。

女儿，曾经，爸爸忘记了过去弱小过。爸爸以为我本来就这么强大。曾经，爸爸想不起我也会衰老。爸爸以为一直会这么年轻。是你步履蹒跚的脚步和美丽的笑靥，记证和弥补了我童年的失忆。爸爸于是学会了早上看阳光下女儿的奔跃，晚上看奶奶苍老的背景。于是爸爸惊惧地伸开手，扯住你，扯住奶奶。爸爸的生命因而伸展了。

因为你，爸爸感觉到了生命的张弛与圆满。

女 儿 太 阳

【一】

今天是2006年4月26日凌晨4时，女儿，我想，此刻你一定在美丽的恬静和沉沉的酣睡里；可爸爸现在醒着，窗外的露珠醒着，爸爸坐在窗前借着身后照来的光给你写信。四周三堵墙和玻璃窗户隔出小小的温暖，一盏台灯笼罩的光明，构造小小的温馨。如梦中，让爸爸仿佛觉得，这就是家，你就在爸爸的隔壁。想到这，爸爸手足无措，不由地停住笔向南遥望，因为爸爸想你，爸爸想起了你酣睡的小模样的美好，想起促狭地捏起你的小鼻子时你古怪表情的有趣。可现在是北京，时间和距离将一切拉长，唉，女儿，爸爸欠你多少？而生存和流浪是怎样给爸爸以重压。不说了，不说了，爸爸给你讲一个故事好吗，让爸爸把压到胸口的累暂时忘记。

【二】

从前有一个书生，书生有一匹好马，书生喜欢骑着马旅游。

每过一段时间，书生累了，疲惫了，忧郁了，他就会跳上马，然后勒马回首深深一望，马儿就嘚嘚嘚起步了。后来，"勒马回首"已变成一种习惯，只要书生骑上马，勒马回首一望，马儿就知道，书生要出发了。一段旧的生活已经在一次回首后结束了。

这一次书生走了很远，走到了另外一个国家。这个国家的人很热情，他们见来了客人，很友好地把书生领到家里，把马牵到草棚里。他们搬来桌子，摆上很多菜，然后一起喝酒。

大家正喝得高兴，忽然有人走过来，小声对书生说：

"先生，你的羊不吃草。"

书生一愣，说："先生，你说什么，那是一匹马，不是羊。"

来的人笑了笑。他觉得这个书生是开玩笑，他客气地说："先生，你的羊不吃草，你说怎么办？"

书生生气了，把他珍贵的马说成羊，他觉得是一种污辱，他几乎大声喊道：

"那是马！"

"那是羊！"

来人也不客气了，心想，我们对你这个远来的客人这么热情，你怎么能这么不分黑白，明明是羊嘛。

"是马！"

"是羊！"

书生和一群人争吵不休。情急之下，有人提议查字典，于是，字典找来了，有人扒到有"羊"字的那一页，指给他看，"你看，是羊吧。"书生抬头一看，他看到一个马的图案，旁边的那些字他一个也不认识。哦，他忘记了，这是另外一个国家！

"是羊。"书生只好诚恳地承认。

后来，书生到过很多国家，他的马被别人称过"羊""虱子""大眼妹""纽扣""诗歌"，甚而至于叫作"老鼠""蝴蝶"。唯独没有叫过"马"。

从此后，书生再出行，那种勒马回首的感觉就变得很滑稽了。他忍不住会想：我勒的是什么？而我回首要反思的又是什么？这种疑问，让他每一个阶段的生活都变得滑稽模糊而不知所以，然而——轻松。

书生也就在不知所以中轻松生活！

【三】

女儿，你知道我要说什么吗？

是的，你不知道，我也不知道。

讲完这个故事，压在爸爸心头的累忽然间就舒缓很多，这样，爸爸就自然地想到女儿，一想到女儿，一想到对女儿的教育，一想到一个这么聪慧善良的孩子有这么多显而易见的毛病和缺点，爸爸的心就忍不住颤抖起来。

女儿，你年龄正小。在你的想望里，前面一定有许多绚丽的梦，但，女儿，爸爸告诉你，世界上任何的成功和辉煌，只为勤奋、坚强和具有健康心怀的人而设！对于许多人来说，明天并不比今天好，那个叫作历史的车轮，并不总是滚滚向前。女儿，爸爸说的这些东西你懂吗？希望你常想想爸爸说的这些话。

今年女儿10岁，已经是初中生了。你很善良，一心一意疼着爸爸；你学习也不错，算个中等生；你很开朗和向上，因此总是可以当个班长或者学习委员。但是，女儿，这是女儿的一切吗？要不要爸爸一一罗列你的缺点？如果说你有梦想和未来，你以为，凭着现在的情况，它会徐徐向你走过来吗？不，它一定会和你擦肩而过！因为你的梦想和未来更需要你坚毅的心志、美好的品德和总是观照自己体谅别人的良好行为。

说这些东西真累。女儿，爸爸知道你是个懂事的孩子，爸爸不想逮住你就是一顿教训。不说了。

【四】

如果我现在追问，女儿，今天你做了什么，你又犯了错误没有？你一定会慌乱着急而信口开河地回答：没有！

女儿，爸爸笑了。你表白什么呀？你信口开河的表白只会让爸爸伤心。犯了错又能怎么样呢，谁又不会犯错误呢？世界上有哪一个人又不是在错误和受难中成长呢？关键是，你一定知道什么是错的。而且，勇于承认自己的错误，敢于面对自己的不足，然后，一点一滴去改正它。

我尤其想告诉女儿的是，孩子，不要骗爸爸，不要错上加错，有了错误，不敢承认，非要等爸爸发现，找到，抓到把柄后才承认，那真是大错特错。爸爸和你有过约定：知错不咎。

说到这里，我已经分外地感到心痛了。

【五】

让我再给女儿讲一个故事。

从前，有一只蜜蜂，因为一次错误，它躲在一个特别潮湿的地方。那里，没有草，也没有树，没有另外的蜜蜂也没有朋友。慢慢地，蜜蜂不知道它是什么时候来到这里的，也不知道为什么。

每年春天，蜜蜂都会接到一封天堂的来信。信上说，春天到了，天堂里有许多果树开花了，欢迎它去采蜜。

蜜蜂看过信，不知所措。

又一次，春天到了，天堂里又送来了信，信上说天堂的花树全开了，邀请蜜蜂去参加盛宴。

这次，蜜蜂实在忍不住了，它害羞地问天堂的信使燕子："我怎么才可以到天堂呢。"燕子对它笑一笑说："翅膀。"

蜜蜂拍一下翅膀，飞了。

【六】

今年的春天，爸爸一直在观想，观想树、观想墙、观想什么样的墙让爸爸变成今天这个模样。坦白地说，女儿，爸爸对自己是不满意的，我不是个好爸爸，我没有给你挣来应该的尊严，没有给你慈父的感觉，甚至，我不是你的一个好朋友。

首先让爸爸放不下的，是女儿说过的一句话。为了这句话，爸爸一直在痛心，什么话，爸爸不说了，你也知道，就是你一不留神给老师说的。

当老师把这句话转告爸爸，听到这句话里的刻薄、愤懑，坦白地说，女儿，我是羞愤交加的。我的羞愤因为爸爸的尊严，还因为——女儿，你太小，你真的不可以这样粗暴地评论感情，特别是：爱情。

但一年后，一年后的一个春天，爸爸不仅仅这么想了。不是爸爸原谅了你，而是爸爸忽然想到，女儿大了。女儿不再是爸爸怀里只需呵护的婴儿，女儿已经成了爸爸的朋友。女儿默默地看着爸爸，观察着爸爸的为人处事，为爸爸的成功而骄傲，为爸爸的明媚宽厚而骄傲，同时默默地享受着爸爸的成功与尊严，也承受着爸爸的失败与屈辱。女儿，爸爸应该谢谢你。

是的，女儿，爸爸常常因为热诚而流于荒诞，因为自尊而流于虚荣，因为执着而流于卑微，这些，爸爸一定会修正。因为女儿大了，因为女儿已自觉成了爸爸的朋友，还因为，爸爸爱你，爸爸活着，为自己负责，也要为你的尊严和朋友们的尊严负责。女儿的感受，爸爸懂。

但关于感情，爸爸告诉你，爸爸不悔。爸爸不是傻，爸爸是在装傻，孩子，聪明谁不会呀，聪明过后再傻，而且沉浸于它，为着傻而不悔，为着傻明亮一点温暖一点可爱一点，让人相信还有这样的笨蛋可以欺骗，让人相信梦，这种傻，就是美丽。不是很多人可以这么傻的，这样傻需要力量，需要很大很大的胸怀。

爸爸装傻，还因为爱情的无厘头和那个女人的可爱，放心吧孩子，爸爸从来没有为自己的品位难过过，经历过你妈妈那样的女人，爸爸的品位无论如何也差不到哪里去！说个小秘密，没有人能够抛弃爸爸，除非爸爸愿意。

"君子绝交，不发恶声。"女儿，她再不好，你也不用讨伐她啊！

多想想上面的一句话吧。

【七】

最后，还是让爸爸给你讲一个故事。

从前有一个花园，一天，花园里，忽然来了一只大象。

花园里有蝴蝶，有小白兔，有美丽的斑马鸡和红翅膀的蜻蜓，有穿锦衣的青蛙和披着白色长衫的狐狸，有连天碧草和像军队一样站得整整齐齐的郁金香。大象来了，站在花园里，卧在花园里的阳光下，然后，走了。

过了好长好长时间，有一只蝴蝶忽然问："刚才好像来了一只大象，它去哪儿了？"

"是大象吗，我还以为是只骆驼呢！"小蜻蜓睁大眼睛，笑着说。

"你们不会是做梦吧，我怎么没有看到呢？"小白兔的耳朵很尖，他迷茫地问。

"没有，什么东西也没来！"狐狸走过来，以为大家谈论什么东西，当听到大家说大象，不屑一顾地说。

蝴蝶也不敢再坚持了。他想，大象也许是一种错觉。刚才我在干什么呢？他问自己，我在苹果树上，我正看苹果的红润。看苹果的时候，我有别人无法理解的兴奋与梦想。大象没有来过，肯定的，大象只是在梦里。

但大象确实来过。

花园里的动物没有看到大象，是因为，大象来的时候，每个动物都沉浸在自己的感觉里。

女儿离开时放在桌子上的信，照录如下：

爸：

过了2年多的时间，又要与你分地作战了，我现在开始想你了，期待胜利会师的一天。要走了，对你提出如下要求。

1、不要不吃饭，你胃不好。

2、不要多抽烟，你肺不好。

3、不要老熬夜，早睡早起。

4、多发展感情，但别太强求。

☆5、记得给我打电话，搬家把地址告诉我。

！还有，桌子上摆的两盆花与3盘磁带（借同学的）要还给我的两位好朋友。你不会养花，记得一回来就给她（邸纯88976＃＃＃）

谢了

桌子上的娃娃是我做的，给你，别丢了；瓶里装的是"勿忘我"，别打了；搬家的时候一定请搬家公司（！），贵点就贵点，千万别自己来，闪了腰咱咋办？

废品该卖了，报纸该到期了吧？酒别喝太多，营养品该吃就吃，菜坏了快扔。

亲爱的亲爱：女儿太阳

我屋里的东西主要集中在立柜、书桌和放衣服的架子里。搬家的时候千万别丢啊。

　　搬家后注意安全，看好门户，开窗通风，要是打算换电脑那就注意别弄太晚（！）。注意网络安全。

　　遇到合适的人就追，不爽就bai（掰），干吗老是你买单？现代女性自立就该AA制。

　　还有……

　　明白吗？

　　再见！

林

29日晚

窗外的母亲

　　我经常可以感到母亲就在窗外，就在不远处看着我，无论我走多远，无论我在北京或者在国外。

　　这个画面是冷的。这是心魂相通的两个世界。我在现实中，在太阳下，在滴答的时间里；母亲在另外的远的世界，静的、亮堂、传神，总是以安静的目光和微笑的表情看我。请读者不要乱想，我不想让自己的文字给你丝毫的我母亲不在世上的猜想。那样我的罪过可就大了，诅咒母亲，是兽类也不会干的事情，我这样比喻甚至侮辱兽类。母亲活着，活得很好。母亲在老家。但是，我时时可以感到母亲的目光切入时空，把自己像月亮一样贴到我的窗前。

　　很庆幸我一直走一条温暖的路，直到今天，我36了，我一直知道，家人们爱着我，我也一直深爱着家人。这种爱当然很多时候未免儿女情长英雄气短,但是也让我少走了偏激和决绝的路。要知道,以我狂狷的性情和崇尚简捷的秉性,我是多么容易走向狭隘和决绝啊。家人的爱,可以说是救了我的命。

现在母亲老了,女儿大了,我夹在当中孩子不是孩子大人不是大人。每当回到家、离开家,我就抱着母亲,拍着她的后背说"宝宝别哭我很快就会回来"的时候,我也忍不住流泪。但是我很快就会止住,以免让78岁的母亲涕泪滂沱。我接着会扶住母亲,拍着她的肩膀说"哭什么呀?对我有什么担心的?您老不知道,有很多女孩子爱我呢。"

"那你领回来一个让我看看呀,小孬孙。"母亲破涕为笑。

爱人5年前去世,我至今单身,让年迈的母亲忧心忡忡。

我的家乡在一片泡桐、小麦、花生间隔的土地上,那里是黄河冲积成的一片平原,深挖两锹土,仍然可以闻到黄河腥膻和温暖的气息。那里至今住着我的母亲和哥哥姐姐一家人。而且我还知道,百年后我还会回到那里,在那里躺下后,我就可以说:童话结束了。

离家20年了,曹县—郑州—北京,中国—加拿大—美国。无论走多远,在多么繁华的城市和多么偏僻的乡村,我都知道,母亲在窗外看着我,那种目光,就像23年前窗外的目光。

我是1986年考入曹县一中的,那年我13岁。那时家里很穷,记得高中入学的学费是16元,母亲给我交学费的钱除了一张5元的整钱外,其余是5角1角5分2分1分一大捧硬币。这些钱,大部分是从穷亲戚那里借来的。还有一块是从礼拜堂里借来的。因此我特别感谢神，我偏激地相信，今天我灵魂里的神性和透亮，一定有神的祝福和看顾。

　　高中时住校，我每周回家两次，每次从家里拿9个窝窝头。窝窝是一半玉米面一半青菜。青黄不接的时候，是一半玉米面一半红薯面。这已经是我们家里最好的食物了，因为我是我们家的脸面，我是高中生，是"秀才"。9个窝窝一天吃三个，少吃是不可能的，因为我天天饿；多吃也不会，多吃了就不够三天吃的了。周三下午下了课，我就该回家拿馍去了。学校离家10里路，要走着回去，有时课业紧或者老师延课，我就回不去。因为回来的时候要摸黑，而路上有几片坟地。如果不能回去，我心里就特别着急。因为母亲在家里等着我呢，她一定会胡思乱想。还因为，如果不能回去，我就要借别人的馍，借了就要还，我们家比别人穷，别人的馍好，我们家的馍差，借了好馍还一个孬馍，是羞耻的事情。所以，如果周三不能回家，我基本上就饿一天肚子。但我不想让人知道，下课的时候，我经常第一个冲出教室，跑到校外，一个人蹲在墙角看书，等到上课铃声响了，我才跑回教室。

　　又有一次我周三没有回去，周四上午上到第三节课的时候，我就撑不住了。没有吃饭，还要装作吃了，早操课间操照样上，我饿得厉害。我治疗饿的办法是使劲喝水，水喝多了，撒尿就多，经常离下课还有十几分钟，我就憋不住了，等到下课铃声一响，我没有起立就冲出教室。这样一折腾，反而更饿了。到第三节课，我一会儿低头，一会儿抬头，一会儿趴在桌子上用书顶住胃，一会儿用手掐住腰不让胃乱动……正在这样折腾的时候，我突然看到一个身影，我怔了一下，使劲眨巴眨巴眼睛。我坐在教室中间，离窗户还有几张桌子呢，我又没有向外看，怎么可能看到窗外的人呢？可是我又偏偏觉得看见了：母亲穿着蓝对襟上衣，带着满脸的张望，一缕头发粘在汗津津的耳朵上，正走在教室门口呢……我觉得好奇怪，怔怔地呆着，突然我想，这有什么可犹豫的呢，我就抬起头看向窗外——啊？！我真的看到母亲了，她正趴窗户外寻找我呢。母亲把脸贴在玻璃上，用手遮着头上的光，两只眼睛在教室里一排一排地寻找儿子。怕影响课堂纪律，母亲的身子压得很低。为了让母亲看到我，我使劲挺起腰板，让自己高一些。母亲很快看到我了，她朝我笑一笑，举起布袋在窗前晃一晃，我对母亲笑一笑，使劲忍住泪。

以后，每次周三我不能回去，周四上午，母亲一定会把馍送来。我不让母亲送，劝她，她就说，"只要你好好学习就行。"再劝，母亲就说，"你拿的馍吃一个能考一分，娘送的馍吃一个能考两分呢。"

"为啥呀？"我问。

"娘送的馍香。"母亲说。

"香就可以多考一分呀？"我问母亲。

母亲不说话了，就骂我，说我有文化了就会抬杠。

我数学不好，高一高三两年（我跳级，怕拖累家里太久），很少考及格。终于有一天，母亲知道了我数学不好，小心地问我：

"勤（我的乳名），你数学怎么不好呢？"

"我学不会。"我很内疚地说。

"你语文不是很好吗？"

"语文靠背，我会背。"

"数学不能背吗？"

我张口结舌。

"老师说你特别聪明。"母亲看我脸红了，安慰我说，"老师说聪明的人什么都学得会，你别着急。"

我点了点头。

高考一天一天临近了，可是面对数学我还是一筹莫展。有一天夜里我想到母亲的话，数学难道真的不能背吗？我得试试。从此后我背公式背定理背课本例题，背每次考试不会的题，不长时间，我的数学成绩提高了不少。我最大的改变是，面对数学试卷再也不怕了。

那年我顺利考入了大学，数学考了81分。我是村里第一个大学生，我15岁考上大学，这些，是母亲永远的骄傲。是我对母亲送馍的回报。

以后。大学、工作、事业、写作、郑州、北京、渥太华、纽约，路多长，心多远，多高的大楼，多深的地下室，眼前多深的沟壑，背后多冷的风，走到那里，都觉得母亲的目光在跟着我。有时走在街上，我会下意识地整理一下衣角。有时照相摆pose，我会以母亲喜欢的样子傻傻地笑。我总是相信，母亲一定可以看到我。

2002年在加拿大，一天我深夜做梦，梦到我在一个空旷巨大的教室里，独自一人在做作业。面对一大堆作业我又急又饿。这时，我听到了窗外的脚步声，我抬起头来，看到窗外正站着母亲。母亲看到我，笑一笑，举着一袋馍对我晃晃……

我哇的一声哭了，我抱着肚子使劲地哭，放纵地哭。

醒了。窗外白亮如昼，月亮在水中泡得惨白，细细的鲁冰花附在窗户上，一条亮亮的河从窗户上直直流过，下面，挂着一滴硕大的泪珠。

我坐起来，点一支烟，吸完，给万里外的母亲打了个电话。母亲问，勤，吃了没？我说没有。我说娘您呢？她说我正吃午饭。

2008年12月12日

生命里的消痛方式

活着，注定要受痛的，这点我知道。在我曾经的三十多年的生活里，我有过少年的痛，战士的痛，男人的痛。这些痛挥不去、隔不断、释不了。每当痛来临，我都认真承受并努力解脱。有时用散步的阳光的明媚；有时用静思烛火的观照；更多的时候，我还是在久经打磨的诗歌中，在人类天空圣洁灵魂的照耀下找到力量。

少年时，我激昂而自负。我觉得，我承受着使命。所以每当遇了困难、遇了挫折、背了误解，我用如下的凛然慷慨激励自己：

"天将降大任于斯人也，必先苦其心志，劳其筋骨，饿其体肤，空乏其身，行拂乱其所为，所以动心忍性，增益其所不能……"

转眼我参加了工作，从小报到中报到大报水起风生。我切实为使命映照与努力着。当然，有痛、有错误、有不能表达的愤怒与失败。这时，我用老本家前辈的一句话表示我的大度与不屑。表示我还有力量，我对未来充满着希望。我不会计较一城一池的得失。老本家的话是：

"没什么大不了的！"

2003年，已过而立之年了，爱人撒手而去，把我和女儿丢在异国的枫树下，我吃过100片安眠药，没有死，我在床上睡过一年半，没有死，我任性地过任意不规律的生活作践自己，没有死，在我突然一天看到比我更加可怜的女儿后，我闭门思过，感受性格与命运里充满命定与玄机纷至沓来的痛苦。一次我闭门静思很久后，写下下面一段话，砥砺与安慰自己：

"跪在敬畏的上帝和圣洁的爱神面前，我发誓：我将遵守一切诺言，相信慈悲神灵的存在。拥抱光明、服膺智慧、灵魂向善。对于一切我的能和不能承受，我都用十分的善良和能够达到的智慧去理解它。我尊重一切生命，尊重我所爱和不爱的一切人的选择、好恶、感受，我理解并且承受个人的渺小、生命的苍茫和无奈。我发誓，无论如何，我将好好生活，珍惜自己，顾念他人，以灵魂一闪念的卑污为羞耻……”

命运夹棒带棍把我更深地赶进男人角色。忽然一天，我痛苦而羞赧地发现，我并没有担当什么大任，也没有切实地努力着为什么理想和主义而活着。我一直战斗着，而我拿的不是剑，我也不是巨人，我的对手是猢狲和小丑，我面对着的是琐碎得提不起来的生活。我已被生存压得猥琐与变形。我富有着精神，而它们只能使我自闭！这时，我的悲剧感和神圣情绪霎时坍塌！我哂笑里摇头叹息。我在明白后痛。在痛后愧疚而无奈地继续深入一个男人的全部的角色：我要使母亲快乐着，我要使女儿快乐着，我要使我的姊妹和亲人快乐着。所以我知道，我没有时间神圣，因为爱会阻隔我。在我了达了生的艰涩后。在我坚守自己，坚守自己的信念与价值，在我坦然地承受痛时，我用下面一段话稀释我的愁闷。表示我特立独行的生命格式。表示我对其他种种的不屑：

日来秋色绝佳，闭门兀坐，令我神爽都尽。思与君家买一叶，薄游虎溪。看露苇催黄，烟蒲注绿。坐生公石上，游目四旷，秋树如沐翠微之色，渲染襟裾。仰听寒蝉呜咽，老莺残弄，一部清商乐，不减江州司马听琵琶时。或可廓清愁怀，冷汰悒绪，差胜阛阓中苍蝇声耳。

胸中块垒，急须以西山爽气消之。吾与君登百尺楼，把酒问青天。酒后耳热，白眼视诸卿，求田问舍，碌碌黄尘，如蜣螂转丸，不觉抚掌大噱！此真旧日元龙豪举，安能效小儿曹牛衣对泣哉？

　　白云在袖，其以诘期。

【明】汤传楹《与展成》

　　2008年的到来真的有神来之笔，当我一天天沉浸于曙光初照，沉浸于高楼的孤悬和东风的清静，我忽然想起许多往事。我意识到，那些流年岁月里的蹉跎狭隘与可鄙。我忽然想到，那些幽深暗淡伤心的往事。我已经好久不想她了，那些爱与理想招致的痛苦和痛苦招致的爱与理想，已经是久违的往事了。我还会想起往事，在往事里，女人们都成了仙，而我是一个称职的仆人。我忽然明白了那些无争的美丽、逃逸的美丽、等待的美丽、祝愿的美丽、孤独的美丽与自得其乐的美丽。我还会说自己痛苦吗？那么喝了这杯酒再说；我还会说自己忧郁吗？那么床上睡一觉再说；我还会浸淫于无涯的感伤吗？那么逛一次商场看卡里的钱能给几个亲人幸福再说；我还会常常感到迷茫无助吗？那么看一眼更加迷茫无助的女儿的照片再说；痛苦？这种奢侈的享受，已经远离我劳碌的生活了，如果这时你再问我痛苦，我会笑，我会笑着反问：痛苦？痛苦是个什么东西？

高高的草原上，有一株青翠的树，树上，有一巢小鸟。

风吹来，雨打来，小鸟就缩着脖子对树抱怨："痛！"

树也抖瑟着对大地喊："痛！"

大地不痛。

向死而生之踏雪五日

不要说生命高贵，我们活着，因为我们卑贱。哦，说错了，我不能代表别人，我的意思是：我活着，因为我卑贱。

——题记

第一日

一大早，我便出去了。

我忍受不了这种洁白，这自然的纯净是一种召唤，它亲切地唤我到远山远水中去。那里到处有高大的树。他们干净、美丽、风姿悠扬。雪下有腐烂的草，用手轻轻拨开，就溢出温暖腐烂的气息。腐烂的草叶下，有青青张望的绿芽，它们在我的无名指下打战。仿佛是我打扰了它们的梦，它们羞怯而又脆生生地问候我：春天好！

多么美丽而自然的存在！

桌子上温热的酒还在，蓝花磁盘中你炒的香椿鸡蛋鲜嫩醇香还在我的眼前晃动。桌上的红烛已经燃尽了吧？总是在走出去后，才想到背后的温暖；又是这些温暖让我走出去，自由地呼吸，幸福地投入，投入到我想拥有的冰清玉洁的世界。

我希望可以这样不停步。我知道我可以走得很深。这自由光亮美丽的世界，我是希望这样完全投入进去的。我已经走过了一条河，前面就是一片森林，再往前，就是一个湖泊，再往前，就是风从雪面吹起的北极。昨天，看到电视里，有科考队员们因为风起雪落，一辆辆车被困到了那里。我想，如果我现在在那里，站在一个风口中，让雪一点点堆起我、掩埋我，将是一个多么美丽的风景！那样的纯净，那样自然而然地丢失。

你一直怕我死，你一直说我忧郁而灰色。其实我心里一直很快乐，我有我自己的快乐，我有自己的足以让我快乐的世界。你知道死是一种必然，你知道每一个人都是向死而生的，这样美丽的世界不足以让我投入，这样美丽的世界不足以让我沉迷而投入，那么，怎样污浊的世界可以让我醒悟呢？

我喜欢昨天晚上你在枫树下吟诗的神态。虽然我一句也没有听懂，因为你是用英语吟咏的，但是，我仍然感到你神情的美。你说，这是你最喜欢的狄金森的诗。夜半，我扒开你书案上的诗集，我猜，应该是这一首诗吧，我捧着字典，译成如下的诗句：

没有人认识这朵玫瑰

它也许会漂泊流离

若不是我从路边捡起

把它捧起，敬奉给你！

只有一只蜜蜂会思念

只有一只，蝴蝶

从远方旅行匆匆而归

在它的胸前，停息

只有一只小鸟会诧异

只有一阵风会轻轻叹息

像你这样的小玫瑰

凋零，多么容易！

一直这样走，这样走，我已经走了五六个小时了吧。洁白的雪，美丽的雾，吹打在脸上的雪粒，远方的树，远方的笼罩，远方的神秘伴随着我的呼吸催我远行；背后的目光，背后的松枝燃烧的炉火，唤我回家；走出和回去，都是美丽。而我每迈出一步，都似乎是一种放纵，放纵我的任性，放纵我对自由的向往，放纵朋友对我的惦念与警告。

而我知道，远方多么美好啊。

远方的童话，远方的诗歌，远方一树带来的从容，远方一湖廓开的博大，远方一河流出的坦荡与缠绵……

直到我走出很远很远，一回头，你也在远方。

第二日

其实走出去是多么美好。

雪的白是盐的白，是莲的白，是水仙的白，是白的白。一走入这种白，我所有的不快乐都没有了，我甚而可以忘记爱情，那些撕心裂肺的爱情，面对雪，是不堪回忆的。

你昨天给我讲爱斯基摩人的故事。

如果不吃肉，不进行残忍的猎杀，我是十分乐于做一个爱斯基摩人的。在冰雪世界里用雪堆起一个小屋，用白的玉的冰砌起一个小屋，用大红的帐布覆盖，屋中铺上加拿大十月浸红的大而阔的树叶，在每一面墙上贴上我随手写下的纸片，那定是十分美丽而浪漫的，这是我能达到的世界和我能达到的浪漫，因为我年轻，因为，很快我就要走了。

真想告诉你，真想立刻告诉你我此时的所想。

今天我走了一天，有二三十公里吧。我在很多树下张望，我在很多雪上停留，我坐下的很多地方，都让我环顾与迷恋。我真的不想走。每迈一步都是美丽的。每迈一步都是不可重复的。不可重复的美丽与心跳。面对洁白的雪，纯净的雪，我甚而觉得自身的多余。我家里的几片纸，我家里的几张钱，我家里的所谓的情人节邮票，家里的生锈的银圆，如果洁白可以荡涤，什么东西可以充满我的身心呢？除了雪！除了洁白！

我给女儿留下了钱，这是交代。

我给母亲留下了钱，这是交代。

我给你留下了什么呢？除了雪，除了屋檐下结的泪水般的挂怜的冰柱，除了桌上的酒，除了昨日的梦和梦中的童话，除了那些让我们读读哈哈一笑的爱情，除了我的嗜酒和酒后的真言。

加拿大的雪野博大而宁静，这里的天高远而瑰丽，地坦荡而绚丽，一个脚上沾满了异国尘埃身心破败的人，无法和它对话。

走了。

第三日

我的眼睛我的心我的一切的一切浸了雪了，雪让我的眼睛兴奋而明亮，想象鹅毛大雪纷纷扬扬，不，此时正是大雪纷纷扬扬。

出去出去出去，我在心里忍不住喊了起来。

你的屋里没有酒葫芦，如果有酒葫芦多好；你的屋里没有长枪，如果有长枪多好。如果有长枪如果有酒葫芦，我扛起枪挑起酒葫芦，就像"林教头风雪山神庙"里那样，我纷纷扬扬中踏雪而去。

加拿大没有草料厂，阿尔伯特没有草料厂，至少，没有我心中那样的短墙斑驳、毛草枯黄、土屋低矮、秸草连天、凄清惨切又豪情壮志的草料厂。但是我心中有。到了那里，我只需切开牛肉，饮一葫芦酒，睡上一觉，等待宿命的敌人来害我。我起身在身逢绝路无可奈何中杀了他们，我就自由了，我就走向梁山了！

回身看身后的狼藉，一种心疼，一种快慰，一种彻然的忘却与永不回头。

为了心中的草料厂，我甚至没有吃你烤箱中给我做好的面包，就穿了厚厚的鞋，披上大衣，迎着雪出去了。

迎着大雪纷纷扬扬

想象玫瑰花瓣纷纷扬扬

这样的想法，让我释然苦笑。在一年的秋天，我是数过玫瑰花瓣的。那些天，我蹲踞在一个昏暗的房子里，每天上午，会有一个人送来一筐纸质的玫瑰花瓣，让我们把这些花瓣做成花。每当这时，我就欢快地用手抄起玫瑰花瓣，让它们一片片在指缝间漏下。这是我当时不多的寻找快乐的方式之一。因为一片一片把花瓣做成花很累，我的手经常扎出血来，而我就在干活时想象爱情。想象爱情，就让我风一般得轻松。

就在那个时候，就在那一天，我这个经常自诩见多识广的行者才知道，玫瑰花瓣是五瓣的，这和六瓣的雪花显然不一样，但是，谁在说雪花不是玫瑰花瓣？谁告诉你了五瓣和六瓣有区别？现在，我让它是，它就是。

在玫瑰花语中，白色的玫瑰代表纯洁的爱情，就如你我。我明天要走了，我带走一个故事，这个故事美丽而清纯，就像我心中的童话，不，就像纯洁的孩子心中的童话。我把这童话压在心底，放在最保险的不允许梦呓的梦里，放在我的墓碑里，放到燃烧后我的骨灰暗褐的粉里，在我看着青草长出坟墓时，我一个人再静静展开。

雪继续下着。

我的头发湿了，睫毛因阴冷不断流泪，不，不是哭，我这么兴奋，怎么会哭？我说你相信吗，我的泪水已经在去年流干了。我的泪水只献给爱，不献给苦难挣扎，不献给成功欢乐，你见我欢乐时哭过吗，除了第一次见到你那一天——

> 不胜悲伤我会流泪
> 今天的泪水只为快乐的喧响
> 为十年的等待一日的相知
> 我愿把一生的泪水流尽！

这是我最初写给你的诗，今天，重新献给你。

走了。

走了。

我现在到了瓦尔登湖。我已经累了。我感到很冷。但湖中的雪景让我沉浸。白色的冰一沃千里。白色的雪花一覆千里。沿着一片白看过去，明亮、浸润、淡蓝，有纯洁的温暖与期望，如你每天看我时的目光。

第四日

天晴了！

晴天踏雪可以信步而行。想到原野信步，想到阳光披照满身化入天地的景象，我的心跳不由得加快。今天我起床很早，在阿尔伯特城我可能是第一个看到了阳光。我趴在阳台上，将头伸出窗户，呼吸从雪上吹过的风，任那沁冷的洁净的顽皮而生猛的风灌进衣领。雪是让人纯净的，而风是雪的循循善诱才学满腹的父亲。在这样一个明净廊朗的晴天，在这样的风、这样的大树、这样的小路引导下，走向瓦尔登湖，将是多么美丽的漫步与返思！

因为心情好，第一次，我想起给你做饭。

做饭对于我是一种珍藏，我的女儿，是一个饿了生铁也可以嚼嚼吃了的孩子，给她做饭，我总觉得屈才，而我自己是不堪享受那种投入了心与关爱的食物的。我总是厌弃自己的破败，只有对我的长辈，我爱的人，我才可以细心地灵感不断地烹调。

家里的鱼多，我给你烧了红烧鱼唇。

看到鱼，我想到了黄河。在黄河奔出邙山的岸边上有一个渔场，那里有长着红尾巴的黄河鲤鱼，我有一个好朋友在那里牧鱼，这道菜，就是他教给我的。在1999年的冬天，我很多次享受了这道菜。当我踏着雪，一步步从明鸿新城走了二十里的路到了渔场时，这道菜是对我浪漫最诚恳的酬谢。很多次，也是这样的晴天，我踏着雪，肆意而行，越过沟越过坎，滑过小河的冰凌，不知不觉就绕远了路。朋友问我在哪里，我总是轻轻地回答说，我在走向你的路上。有一次，上午去，直到天黑了我还没有到。

你在哪里？他不断地问。

我在走向你的路上！

现在我已经不吃红烧鱼唇了，因为有一天我想到，鱼靠它们接吻。

不忍。

从你家到瓦尔登湖真的很远。下雪时任性而行，只追赶远山远水的雪花，今天，晴朗里看树看叶，珍惜脚下的青草小树，脚步也怜悯而珍惜起来。好像太阳也在赞许我的行动，树林分外明净和温暖起来。黑的树影躺在白的雪上，让我的心作手，身子化为棋子，任意而放。围住的是快乐，放弃的是微笑。若不是老了，真愿意赖皮一样躺在这里占一块地方不走。这样，明年树发芽我也发芽，明年树开花我也开花，伐木工人砍柴时，把我也砍了，说不定可以成为你壁炉里的木炭。但是，我决计要走了。

我是在我的影子变成树一样长时来到瓦尔登湖的，阳光有了玫瑰的红桔子的黄和粉面的白在湖水的冰面上洒了一层亮亮的金色，我抬眼一望，一会就被白金黄金的光刺激得沉静下来，你还记得我两年前写的一首诗吗？

一亭一树一横塘
一桌一椅一竹床
半截老头半壶酒
半搂老伴看残阳

这样的晚景多么让我向往。

岸边有许多的树。叫不出名字来。树的枝条是黑的，树干是厚实而冷凝的清冷。我倚着树，不由静穆起来。

我能到哪里去呢？往后看是你，往前走是瓦尔登湖。

还是飞吧，你知道，我会飞，乘着残阳的金光，乘着童话，乘着雪上刮起的风，勇敢地展开心，我就飞走了，飞走，飞走，在一个无人知道的山谷，落下。

那个山谷中，有刻着许多字句和验证生命归宿的石头。

第五日

设想离开你，总是美好而伤感的事情。

一提笔我便写错了两个字，伤感，我哪里来的伤感？我记得，当我走出你的庭院，踏上雪，将衣领高高竖起时，我的心里是静穆而美好的。我特意回头看看你的窗户。你的窗户煞白而干净，照出一个白色的通道，一个人站在那里，只要一提身，仿佛就可以沿着那光亮飞翔，飞翔到一个光明耀眼美丽的住处。

天空是淡淡的蓝，月亮白白润润挂在天上，树像剪影般地贴在无边旷野里。天地仿佛像一个大湖，我像鱼一样潜行在湖底，湖水里，有静静站立的树，所有的树都站在白的湖底里，白的湖底是雪，水扫着雪，水摇着湖在徐徐流动。

星星在湖水上荡着，远方的灯像星星在湖水中荡着。

月光下的雪如藕的白，仿佛跳跃了一天的孩子，安静下来，也躺在月光的帐篷中悄悄安眠。

在雪野里漫步，听脚步放在雪上脆裂的咯吱声，似乎总有些不忍，每响起一个声音都在提醒着我打扰了雪的梦，每响起一个声音都提示着醒的醒着而梦的梦着，我是客的，外部的，被排除在月夜的，除非我停下来，像一株树或者一片雪，仰望。

我是从兰阳来这里仰望的吧？一个梦中的孩子，来到了北京，在北京物化的世界里受了伤，于是，我来到了瓦尔登湖疗伤。我是多么幸福，每一次受伤，都可以找到温暖的住处；我又是多么无情无义，每次我受了伤，才会找到你，每当找到你，我像扑到母亲怀里一样，吮饱奶，康复，转身就去爱上其他女人！

　　月光静静地照在雪野上，像笼罩、像轻筛、像水漫、像涂抹、像覆泻、像漫灌、像探看、像醉倾、像守护、像装饰、像陌然无关。我静静走在雪野上，脚步由清晰渐渐迷失。我不知何时融进了绵绵雪夜。我不知道时间的深广，我也忘记了世界的长短。我没感到自己的流动，也没感到月亮在变着；我没感到胸前的风，也没感到背后的温；我没有看到我是雪上的黑，也没看到我的黑下白的雪……夜色多么美好，世界多么恬静，土地是多么的宽容，我不知道我是梦着，还是醒着……

世界上没有一棵树是丑的

世界上没有一棵树是丑的。

每次面对树，一种畅意的愉悦和浑然的坚实瞬间充满身心。童真的眼光沿着健壮的树干慢慢爬行，仿佛身与心一起和树紧密地抚摩与拥抱，悄悄升起心头的是健壮的思想，暗羡的沉迷，轻松的流浪，坦然自由的感念。

从一芽破土到黄土上蓝天下的怆然独立，时间是悠远而无痕的，那些忧伤历程在记忆里总是千孔百疮。想到树，总是平漠大地湛蓝天空下一个生命嶙峋骄傲平静安然独立地站立。一粒入土，不可更改；雨打雪落，不可更改；虫蚀斧啄，不可更改；严霜逼叶，不可更改；贫瘠不可更改；风尘不可更改；苍老不可更改；伤痕不可更改；死亡不可更改……

古旧，凋落，枯瘦，支离，破败，伤残，独孤，峥楞，归化，消遁，无有，无无……

1996年6月初稿

2006年2月1日再改

设若走出去

设若走出去——

走过钢铁栅门，走过桥，转弯，沿着河行进。这时你就完完全全地感受到了阳光。感受到了那黄金般光辉温柔自在的太阳。土地的博大你也瞬间感受到了，还有那葱绿的生命气息。你也感受到了风。风是整个扑向你的，像敲门；不，像推门；不，像水轻轻涌着你的胸膛，婉转而又毫不勉强你地，要你开门！

你把心之门打开。

这时你感受到了你是自由之子，土地之子，太阳之子。博大而慈悲的土地本是你的一部分。绿树、翠竹、花、虫、鱼、鸟本是你的兄弟。它们是供你参照供你学习的。水本是你的根，你的全部柔情来自那里……

于是你感觉到了归宿。

【二】

设若走出去——

博大而敦厚的土地，亲切的风，温柔安详的太阳唤出了你的纯朴。你感觉到了归宿。

这时你已累了，你想坐下。

于是你从衣袋里掏出一张纸铺到地上。没有纸你捡片树叶，没有树叶你揪把草。

坐一会可能你更累了，你想躺下。这时纸或者树叶或者草就不够了，为了你的干净衣服你一定放弃，你一定很无奈。

可能你不想躺下，但天渐渐黑了，土地辽阔而枯燥，全没有了博大深邃的感受。风也没有了温柔亲切似曾相识的感觉，你甚而感到风有些冷。你看到虫、鱼、花、鸟身前身后的一枝一叶都和你没有关系。你想到了来时的家。

还是家里好。那里有四堵墙为你遮风，有干净的被褥供你仰卧，有咖啡、清茶、温水。还有，酒。

于是你又走回去。

心想，那里才是我的家！

【三】

设若走出去——

走上小路。太阳的瑰丽使你痴迷。大地的博大神秘使你痴迷。风的温柔体贴使你痴迷。风和大地和太阳的万种变幻让你坠入其中。你忘记了疲惫与劳累，只想走。走向太阳、大地、风的最深处。

前面一条河，你踮起脚尖走。

前面一条沟，你沿着岸畔走。

前面一片秫田拦路。你拨开一个个秫杆如划船，走。

走。

走。

你要这么一直走下去。即使夜，即使雨，即使路遇滚石，恰逢绝路。你既是自然之子，太阳之子，你就要走。融入这个世界。走到这个世界的尽头。

但是前面出现了柏油马路……

出现了村庄，出现了和你一样密密被生活驱逐的人群。他们远远地在你眼帘里一现，你仿佛嗅到了他们身上的汗臭、酒臭，你甚而想到了那猥琐狡黠辛劳疲惫麻木无奈似曾相识的脸。

于是，你又走了回去。

【四】

设若走出去——

太阳如酒，土地如酒，风如酒，醇厚而清冽。你渴饮不尽，连同鸟和土地一枝一叶的风情。

你走，认同了你是自然之子。即便你有天倒下，也是倒在了母亲怀里。

遇坎，你沿坎走，高低不平里你感觉到了心跳和音符；遇水，你蹚着水走，轻轻的揉荡里你感觉到了安详和抚慰；遇沟，你沿着沟走，一沟一壑里你感觉到了变幻和希望；遇荆棘，你踏着荆棘走，一颠一簸里你感觉到了血汗和喜悦；遇山，你攀着山走，战战兢兢里你感觉到了神秘和征服。

你走。你要战战兢兢、如履薄冰、如临深渊里，你要悠悠扬扬、自自在在、风发豪迈里，体验生命的大悲大喜。然后，遁入自然。

可是，没有了路。

或者断山或者阔水或者巨壁或者横沟。反正，没有了路。

你一定会想到恸哭而归的阮籍。

于是，你又走了回去。

【五】

设若走出去——

风含香带露进入你，阳光温柔明亮包围你，土地坦荡宽厚融化你。你在自由、宽舒、亲切、幸福的氛围里，走。

见树，你进入树。默默注目中你感受它内心的自由和深根的从容。见蝶，你进入蝶。蝶是悄悄闯入你眼帘的，又悄悄走开，你在惊喜和沉落中感受距离和缘。见水，你进入水。你无意进入水，但水却横过你，你在无奈中感受生活的无理和粗暴。见山，你进入山。山本不接受你，是你一定走进去的，所以走进山里你很累，你是和山较量精神和意志的高度。

可能，你什么也没有走进，只走进了风。不，风也没有走进，你就是风——冷漠、自由、拒绝同化，但你绝对不会不走进花——那忽然闪进你眼中的花一定让你战栗！那是怎样纯洁、美丽、高贵、自由、生动的花啊！长在崖畔被崖畔晾晒，选择美丽也选择劫难，选择高贵也选择孤独。她美丽地开放着，或许几天后就要凋谢了、消失了，但依然美丽地骄奢！

你一步一步走近她。

你看到她粉红的花蕊了，不够；你闻到她袅袅的衣香了，不够；你要走向她，亲她，吻她，和她小声说话。

你忘记了脚下的深渊。

就在你靠近她，把手伸向她，要吻她的一刹那，一阵晕眩攫住了你——

风紧紧裹着你，太阳向后倒退，大地紧紧吸引着你坠进一个深邃的未来。你坠向大地温润的呼吸。你在惊惧、悲伤、无奈里慢慢睁开眼睛。那是一双深含怜悯、童真、娴静的眼睛。你看一眼紧紧攥在手里的花，把她伸向你潮湿的唇，微笑着说：

"生命如花。"

风，继续坠着。

【六】

生命如花。

孤独、寂寞、坚定、沉着地生长，全为开放的那一刻的惊艳美丽；感谢土地、阳光、传言春风，却以自己的形式开放；认知戾风、苦雨、无凭霜雪，从不伤怜命运的无常；不择阳光、雨露、畔高坎低，从来都在命运的栅栏内感受着自己的率动生长。

生命走不出自己，拘于自己，成为自己；花走不出自己，拘于自己，成为自己的花。

生命如花，只要她是美丽的、燃烧的、陨落的，她就是；生命如花，只要她是朴素的、自由的、生动的，她就是；生命如花，只要她是善良的、真实的、高贵的，她就是；生命如花，只要她是自然的、善解人意的、能够袒露出心袒露出肌肤和乳房的，哦，天哦，我想到哪里去了？！

我想，生命如花，我要她是，她就是。

我看见，花儿在燃烧并奔跑

在绿色的平原、丛林、空气和词语之中

面朝蔚蓝和我，像一片彩霞迎风展开

......

我从无始处走来

【一】

我从无始处走来，到无始处去。

穿越风，穿越雨，穿越寒山枯木，我捡拾细碎感受如花的影子。我捧着这馨香的礼品赠你。我有很多话要告诉你，关于花，关于露，关于三月的土地。如果我说了，那是情不自禁。如果我没说，那是廓而忘言。横过我，总有些水的影子，我已习惯在你面前自由踱蹀。

我已耽于那种风景。那处野舟自横的静冷。那种乱石穿空的倨傲。那种玉树临风的自在。黄昏无遮拦的思量。默读三生石的无限沉湎。这种种情调，都是两个字：不语。

静静地，静静地从你身边走过。在乎风，在乎路，在乎依依杨柳。不在乎尘，不在乎泥泞，不在乎昙花起落。习惯挥手中结束一段历史。每次挥手都在对自己说：再见，朋友，一份尘缘一份爱，一次付出一次得。

【二】

如果你不认识我，我会告诉你我是谁。

我的面前是海，海边有一条船，船边有一株凤凰树，凤凰树边有一块石头。石头上，是我。我的背后是沙滩，沙滩背后是草原，草原背后是高山，高山背后是大海，大海背后一条船，我在船边。

能告诉你我是谁的是时间，而时间是流动的。我无法不朽，树和石头和海也不能。所以我的面前非海非船非树非石，我非我。

这便是一种无主的空白：千秋草长在山上，千秋太阳挂在天上，太阳风太阳雨走下来。一天众神的翅膀从这片天空划过，静观的目光流露爱意。于是土地充满神性，草也有了神性，有了树。那烟水蒙蒙，阳光初照的时刻被命名为早晨。于是有了桥。有了船。有一天，我来到船边。

"天子呼来不上船，自称爷是酒中仙。"哈！看看，我又喝多了。应该是："天子呼来不上船，自称我是酒中仙！"

【三】

一山、一水、一树、一鸟构成方寸之地。这里，住着一个——我。

在一切之内又在一切之外。

相信，这里曾是众神的宿处，如今众神离去但仍频频探望。我是沿缘来这里的。我生下来，走想走的路，就到了这里，就不想再走。我坐下来歇脚的石块，我叫它：三生石。

推山成石，削石成剑，凿树做一床、一桌、一椅、一碗、一碟。

采树上的果子积而成酒。凿树做一壶、一杯。

从此嗜酒，从此写诗，一山一水一树一鸟一我共灵性。

山是我山、水是我水，而脚成老步。山水虽然达观，黄昏仍如晚钟提示衰老。一天夕照中听箫声，忽然流泪。遂拾起锈迹斑斑的剑，刻舟。

我会有一天乘风归去

还这里一个玉洁冰清！

【四】

垂手，以最自然的姿态循一条河行进。任风、任尘、任虫、任蝶。纳衰草腐朽的温暖。

静观一株树。

时间陌生如概念，无关往来；生命以植物的气息存在，无关寂寞；一只蝶在叶与叶间飞翔，无关高度，无关失落。

以夕照的方式，静观一株树。感觉弥漫而沁冷的香、明亮的绿、忠实于大地、朴素、自觉、与生俱来的从容心态。一枝一叶自然的悠扬。

非诗而诗。

不语即语。

且把寂寞折叠，忧郁折叠，把树打开，太阳打开——衬托树。我拒绝任何祈祷与追求，不模仿任何鼠类走动，只感动——树！

一点一滴走向骨气与意志的高度。

【五】

在无人知晓的高原，有谷。谷中，有终岁不绝的风。

依水，孤独而巨大，无朋地存在。无处不在地占据谷，却虚空地无以复加。月晕的晚上尝试突围，竟被尘层层包围。撤退中，看尘纷纷落水，胜利竟是满腔疲惫。

前行是空，回首是空，冷眼对尘的存在。有心心颤，无心水颤，沉着于自然的美丽。没在拈花一笑中顿悟，不期然却在疲惫中彻悟后静止。遂安详于大觉之后的从容。

有一种感觉一说便错。

有一种心境一说便俗。

任何尘间的词语都不足以形容它。轻薄诗人的穿凿附会更不能。唤它，只能用天上语，我叫它"逸"。

多少人财里死，多少鸟食中亡，而我从此着花末心境上路，撒四季红黄花瓣，寻一方阳光净土，不在乎一城一池得失。在你的笼罩中，等死——

融你为一体，契合天道的回归。

【六】

承自然之美露，感天地之精气，一天雷雨交加后，生下我——自然之子！

我倚虹而降。

自然美丽，自然善良，自然聪慧，自然凛冽，自然宽厚。

自然——圣洁！

云分七彩，哪一色都有我；地务八极，哪一极都有我。阴是刚中揉进柔的种子；阳是阴中细读有剑的气息。和些风雪雨露，和些晨钟暮鼓，风中抓不住绵密感受，忍看时空飘飘落落如张张白纸。借口要寻找一些不朽，荷着斧头踏上远山远水中，而转身，面前竟落一地不语花瓣。

从动于阴谋、虚伪、利禄功名。展清嫩的手掌寻命运的纹路，血脉中隐隐感知本真。从此赤手，任霜风凄雨冷冷吹过。

反锁于苔封墙颓的院落，不饮不食不歌不语。对着天空借张古朴的脸，自语，我没有错，从来也没有人走进我。

我的全部痛苦在于——智慧。